列本
掌管生命的精靈
艾倫
女神之女
亞克
掌管魔素循環

奧絲圖
靈牙的統領
里希特
掌管光的精靈
庫立侖
掌管治療的精靈

轉生後的我成了英雄爸爸和精靈媽媽的女兒 4

作者／松浦
插畫／keepout

Kadokawa Fantastic Novels

彩頁、內文插圖／keepout

艾倫
主角，元素精靈。外表是小孩，內心是大人（自認為！）。

奧莉珍
艾倫的母親，精靈女王。天真開朗，身材火辣的超絕美人。

羅威爾
艾倫的父親，前英雄。溺愛妻子奧莉珍和女兒艾倫。

凡
風之精靈，敏特的兒子。和艾倫從小一起長大。

索沃爾・凡克萊福特
羅威爾的胞弟。公爵世家凡克萊福特家當家。騎士團團長。

拉菲莉亞・凡克萊福特
索沃爾和艾莉雅的獨生女。不習慣貴族的生活。

艾莉雅・凡克萊福特
索沃爾的後妻。曾是騎士團御用餐館的招牌女店員。

伊莎貝拉・凡克萊福特
羅威爾和索沃爾的母親，艾倫都叫她「奶奶」。

羅倫
凡克萊福特家能幹的的總管，艾倫都叫他「爺爺」。

凱
艾伯特的兒子。受命擔任艾倫的護衛。

拉比西耶爾・拉爾・汀巴爾
汀巴爾王國的腹黑國王。很中意羅威爾。

賈迪爾・拉爾・汀巴爾
拉比西耶爾的兒子（長男）。個性認真，態度溫和。

休姆・貝倫杜爾
年紀最小的宮廷治療師。和精靈艾許特締結了契約。

莉莉安娜
休姆的母親。丈夫去世後，為了生活，與學院長再婚。

艾米爾
艾齊兒的女兒。艾齊兒遭到定罪後，和母親分開生活。

人物介紹
character

管理這個世界的女神只有寥寥三人。

她們三人要管理這偌大的世界，擔子實在太過沉重，於是形同母親的女神決定創造精靈們，以輔佐她們。這就是開端。

女神將意識集中在輕輕搖擺的力量團塊中，並將自己的一部分能力注入其中，創造出精靈。

精靈們擁有身體這一容器、被賦予的使命、覺醒的意識，以及被設計好的自我。

接納這些東西的存在就這麼逐漸成形。當自我萌芽，剛打造好的精靈身體也跟著發出顫動。

降生不久的精靈眼皮開出一條縫，看見眼前的人是形同母親的女神。

女神發出神聖的光芒，刺得他瞇起眼睛。

『成功了~~！你是我第一個孩子喲！』

女神開心地這麼說，將精靈稱作「孩子」。

『你的名字是……喲。你將負責這個世界的——……』

精靈的意識突然浮現。在這個沉悶的空間內，充滿了幾乎令人反胃的鐵鏽味。

剛才那段夢境的內容實在令人懷念，讓他忍不住笑了。那件事久遠到他以為自己不會再想起。

自從被抓到這裡來，他不知道已經過去多少歲月。唯有在夢境當中，他那失去方向並且停滯的意識才能擁有自由。

從地板到整片牆面上都畫著禁錮他的魔法陣。身體被綁死、釘死在牆上。手腳釘著的木樁還連著魔法的鎖鏈。

身上插著無數的管子，他的血透過那些管子流淌出來，沾濕了他的立足之地。

他的血就像沸騰那般，表面浮現紅色粒子。那些粒子浮上半空中，充滿整個空間後，就這麼消散無蹤。

他擠出剩餘的力量，試圖操縱那些粒子回到身體。但大概是受到畫在地上的魔法陣影響，他清楚感覺到一股異物感，身體因此拒絕他的行動。

這名被抓的精靈身兼重要任務。

女神創造的首位精靈必須運用那股被授與的力量，持續循環維持世界的力量。

那是能操縱世界的能量——也就是「魔素」這一物質的唯一能力。

魔素必須不斷流動，不能停滯。流動將會成為能量，構成這個世界。

就像血液維持著人和動物們的生命，魔素也同樣循環著世界。

宛如血液一停滯，該處就會壞死那樣，倘若魔素停止流動，世界就會跟著死去。

魔素的停滯代表「死亡」，因此為了世界，他不能停止。

憑這名精靈剩餘的力量，要讓魔素完整流遍世界並非易事。他在朦朧的意識中，只專心將絕大部分的力量用在循環世界的最低限度上。

但憑他現在的力量，已經無法確實滿足世界需求。想必已經對世界的某個角落，產生極大的影響了。

這幾百年來，他一直抱著一絲希望——不知道女神會不會覺得事有蹊蹺，動身尋找自己？

這名精靈偶爾會睜開眼睛，但每次都對依舊受困的自己感到絕望，然後再度閉上眼睛，將意識放在世界上。

即使如此，這名精靈依舊無法捨棄希望，改而在夢中追尋女神的身影。

希望當他下次睜開眼睛——形同母親的女神就會站在他面前。

第二十話　被囚的大精靈

即使狀況如此嚴峻，那名被釘在牆上的精靈依舊看著艾倫，露出美麗的笑容。

他感覺到女神的氣息而睜開眼睛，見到艾倫這個小小的女神就站在那裡。

雖然不是記憶中的白金髮絲和赤紅雙瞳，那張令人懷念的容顏和女神的氣息依舊帶給他喜悅。

艾倫眼裡噙著淚水，她的雙瞳熠熠發出宛如彩虹的光輝。

那雙眼眸對亞克而言，就像令人懷念的天空、樹木顏色。有海、有大地，宛如將整個世界收進眼裡那般美麗，閃爍著耀眼的光輝。

「妳為……什麼……要哭……？」

亞克吃力地發聲，道出話語，但喉嚨已經許久未曾使用，聲音無法順利發出。

比起自己，亞克顯得更擔心艾倫。見到這樣的精靈，艾倫的眼淚一滴一滴落下，無法停歇。

儘管艾倫的視野因為淚水扭曲，身體也不停顫抖，她的頭腦深處卻非常冷靜。就算沒有發出聲音，她仍然張著嘴，一開一闔地對自己說：「我要冷靜，我要冷靜。」接著環伺四周。

城堡裡設有各種機關。她認為這個房間或許也動了某種手腳，因此望向四周。只見房間角落的老舊架子上放著藥瓶、書籍。老舊的書桌上散亂著羊皮紙小山。

與其說是舉行儀式的房間，更像是實驗用的房間。既然那些東西都放在魔法陣上方，代表那是之後才拿來的東西。

艾倫走近牆壁，心想做這些事的人難道不怕魔法陣遭到磨損消失嗎？但仔細一瞧，才知道地板和牆上的文字，都是被刻在上頭的。

為了掩蓋被刻出的凹槽，裡頭埋著類似黑炭的東西，所以遠遠看才會覺得是書寫上去的文字。

艾倫本想使用能力，調查那個炭，能力卻完全沒有發動的跡象。

她焦急地伸手抓牆壁。手指卻直接穿透牆壁。

那讓她的表情更加扭曲，視野因為淚水，已經看不見前方。

這名精靈被囚禁在這裡，究竟過了多久時間呢？

奧莉珍說過，羅威爾就讀學院時，她對周遭的影響就已經很顯著了。當艾倫察覺光是這段時間就有數十載，內心湧現的悲傷更是塞滿胸口。

艾倫將視線轉移到控制精靈行動的鎖鏈上。精靈似乎也發現艾倫正拚命想把他身上的鎖鏈卸下，靜靜看著她的手。

儘管知道對方聽不見她的聲音，艾倫依舊無法控制自己開口：

（我會救你！我說什麼都會救你！等我一下！）

艾倫很焦急。既然無法使用能力，那麼她就必須快點回到身體裡。

但她不知道怎麼回去，而且也無法使用轉移。即使大叫爸媽，也完全聽不見回應。

（我該怎麼辦……！該怎麼做才能救他！）

艾倫陷入恐慌，不斷試圖碰觸那名精靈，卻只是重複著穿透他的動作。

這時候，她突然感覺到心臟撲通一聲。

（嗚……！）

艾倫的胸口傳出一陣痛楚，讓她忍不住悶哼一聲，並抓住胸口。她這才察覺，她的手比剛才更透明了。

「……小小的……女神……妳的力量……就快消失……」

（快消失？）

「這樣……不行……妳快……回去……」

儘管面色慘白，這名精靈依舊淡淡地笑了。接著他的身體迸出一股力量。

被那股強悍的力量彈飛，艾倫感覺得到她將會回到自己的身體裡。因為那名精靈在那樣的狀態下，依舊為了艾倫，硬是使用了力量。

（我絕對會救你的……！）

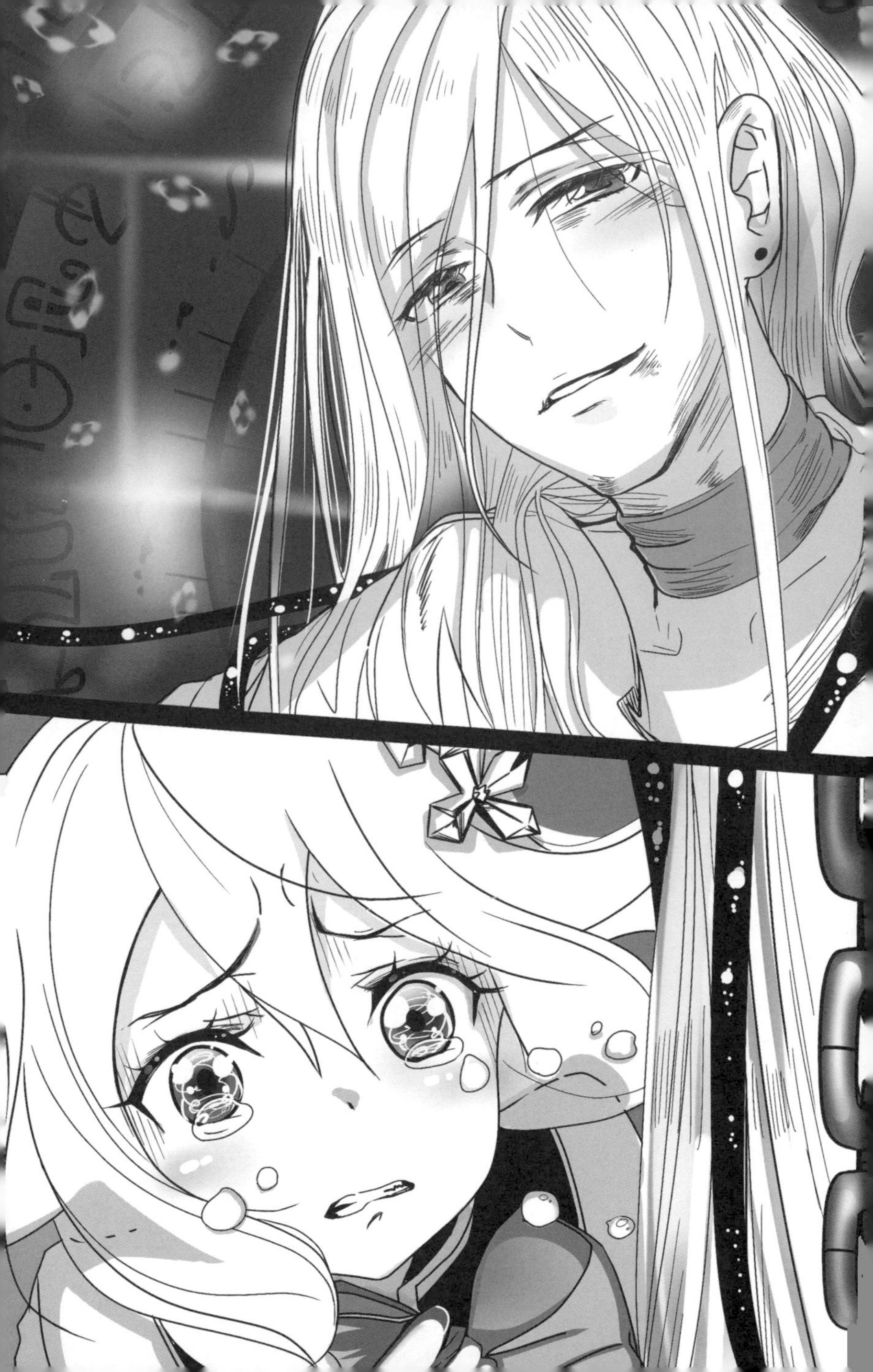

艾倫一邊使盡力氣嘶吼，一邊淚流不止。

＊

「……！艾……！艾倫！」

艾倫感覺得到自己的身體被人搖晃。隨著意識清晰上浮，她看到羅威爾正擔心地看著她。

「艾倫，妳在呻吟。妳還好嗎？」

羅威爾放鬆緊繃的神情，並將手放在艾倫額頭上，一邊測量溫度，一邊問著。她似乎流了汗，羅威爾還拿出手帕替她擦拭額頭。

艾倫定睛看著一臉擔憂地俯視自己的羅威爾，這才逐漸有了意識回到身上的實感。

但剛才見到的光景實在銘刻腦海，讓她一時無法脫離混亂。

心臟怦怦發出惹人厭的聲響。她跟剛才一樣，抓著胸口，喉頭發出喘息，恐懼隨之一口氣襲來，激出眼裡的淚水。

羅威爾急忙坐在床邊，輕輕摟住艾倫，搓著她的背。

「夢到可怕的事了嗎？爸爸在這裡，沒事的。」

「……嗚！」

艾倫發出啜泣聲，無法言語，只能不斷搖頭表示羅威爾猜錯了。

現在這個瞬間，那名精靈依舊被關在那個地方。艾倫急忙下床，身體卻不聽使喚地傾倒。

「不行啊！妳還在發高燒。快躺著！」

羅威爾開口斥責。但當艾倫在驚訝之餘發出嗚咽，羅威爾又抱著她，道出歉意：「噢，對不起。」

他一邊梳整艾倫因汗水和淚水黏在臉上的頭髮，一邊筆直看著艾倫，與她四目相交。

「艾倫，冷靜一點。妳怎麼啦？」

「夢…………地下……」

艾倫嗚咽著，同時努力想傳達什麼。而羅威爾始終等著她，一邊搓著艾倫的背，一邊安撫她冷靜。

「中央的……建築物的地下……有個……大精靈。」

聽見艾倫這麼說，羅威爾瞪大了眼睛。

「我看到了……有個男人……被釘在牆上……被……被放血……！那是……那是……！」

那個紅色粒子圍繞著這座城堡。現在艾倫終於知道散布在各處空間的到底是什麼了。

「他明明很虛弱了……卻還是想幫我……！」

悲傷再度湧現心頭，溢出更多淚水。艾倫擦著擦也擦不完的淚水，嘴裡不斷重複說著：「要去救他，要快點去救他。」羅威爾也反覆地要她冷靜。

「艾倫，妳還沒退燒，可愛的臉蛋現在紅通通的喔。況且現在已經是晚上了，我們不是約好要把妳帶去索沃爾那裡嗎？」

可是——艾倫依舊很在意那個大精靈，顯得坐立難安。

「妳到底看見了什麼，就讓我們大家一起確認吧？所以妳今天安分一點。妳現在仍然不知道那到底是夢，還是真的看到了吧？」

羅威爾緩緩地跟艾倫講道理。

艾倫的眼淚尚未停歇，她也無法相信自己親眼所見之事，但她確信那些都是真的。她本想這麼主張，羅威爾卻搖了搖頭。

「先吃藥，然後去奶奶和爺爺那邊吧？好嗎？我們明天再確認這件事。聽清楚了吧？」

「……好。」

羅威爾摸著艾倫的頭說「好乖」，並將她抱到自己的腿上。即使如此，緩緩從艾倫的淚腺流出的淚水還是沒有停。

羅威爾就在眼前。他搓著背的那隻大掌非常溫暖。

艾倫剛才在夢中呼喊羅威爾和奧莉珍，叫到彷彿嗓子都要啞了。

她想起無人聽見自己聲音的絕望感，恐懼再度襲上心頭。她伸出雙手環抱羅威爾的頸項，彷彿想確認他就在眼前，抓著他不斷哭泣。

被世界切割，落為孤身一人的恐懼。當時的恐慌浮現，讓艾倫的身體開始顫抖。

羅威爾以為艾倫是因為作了惡夢而害怕，因此溫柔地在她的太陽穴上落下一吻，將她的身體收在懷裡，拍了拍背。

羅威爾以念話通知奧莉珍，說艾倫已經清醒，奧莉珍這才放下心中大石。

『艾倫平安回來，真是太好了。親愛的，你可以繼續看著艾倫嗎？我來通知搜索學院的精靈們。』

「知道了。」

『你們可以先去婆婆那裡嗎？我被姊姊叫去，會晚點到。』

「……被雙女神叫去？」

『是為了艾倫的事喲。我晚一點跟你們會合。』

「呃……好。」

奧莉珍曾說艾倫有危險。羅威爾料想奧莉珍被叫過去，大概就是為了這件事而有股不祥的預感。不過他現在滿心因為艾倫已經清醒而放心，那都不重要了。

而且就算事情不妙，奧莉珍也會在事後告訴他。

雖然現在知道艾倫沒事可以放心了，但一想到艾倫萬一從此不再醒來……這樣的恐懼一點一滴滲透羅威爾的心，令他焦慮不已。

這份既非安心也非不安的複雜情緒不斷在他的腦中盤旋，令他頭痛欲裂。

羅威爾也以念話告訴凡，說艾倫已經醒來。

他們必須馬上前往凡克萊福特宅邸，所以他要凡順便帶休姆過來。不久之後，三個人慌慌張張來到房裡。

「艾倫小姐……！」

「公主殿下！」

羅威爾怒瞪吵鬧的凡和凱。他們兩人見狀，不禁瑟縮身子。

凡和凱一見艾倫吸著鼻水啜泣，不知到底發生什麼事，完全慌了手腳，無法保持冷靜。

「艾倫小姐怎麼了嗎……？」

「好像作了很可怕的夢。但可能是預知夢。明天必須好好確認她說的事到底是不是真的。」

「預知夢是嗎……」

「不要一直盯著看。艾倫會少一塊肉。」

「好……好的！」

羅威爾一瞪凱，凱便急忙向右轉，背對他們。

「羅威爾大人，不好意思，艾倫小姐是不是發了高燒？您不介意的話，我可以拿退燒藥過來。」

艾倫曾經在藥草園昏倒。休姆立刻察覺艾倫之所以哭泣，也許是因為高燒造成不適，導致淚腺不受控制，才這麼提議，卻遭到羅威爾拒絕。

「不必，我有艾倫的藥，所以不需要。晚一點我也會請精靈來看她，不成問題。」

「是我僭越了。」

休姆想起艾倫是擁有這個國家最好的藥的人，於是低頭道歉。

但基於治療師的習性，他仍舊很在意身體不舒服的艾倫，頻頻偷看她。

「總之我們所有人先回宅邸。休姆，你也來。沒問題吧？」

「我……我知道了。」

見他們三個人同時低頭允諾，羅威爾抱起艾倫，轉移到宅邸。

*

索沃爾和羅倫見到羅威爾等人突然出現在索沃爾的書房，訝異地睜大了眼睛。如果是平常，應該會出現在宅邸玄關，所以他們真的非常驚訝。

「連大哥都這樣……我已經再三強調，請你們不要突然從別人頭頂出現了……」

當索沃爾還想繼續抱怨這對父女實在讓人受不了，卻馬上注意到艾倫的異狀。

他看了看在羅威爾懷裡滿臉通紅，一邊嗚咽，一邊啜泣的艾倫，不禁嚇了一跳。

「大哥？艾倫她怎麼了？」

「艾倫小姐……？」

面對一臉擔心的索沃爾和羅倫，羅威爾說了聲「不好意思」，首先請羅倫將毯子拿來。

「艾倫她過度使用能力，所以發燒了。她一直到剛才都在昏睡，可是好像作了惡夢，在哭鬧。」

「發燒？那已經沒事了嗎？」

「不，燒還沒退。索沃爾，麻煩你去請母親過來。」

「難道你！你還想讓這種狀態的艾倫說明事情嗎！」

「我也不想啊。可是現在分秒必爭。」

見羅威爾一臉擔憂，索沃爾吞下了原本要說出口的話。現在的確因為陛下已經下令，索沃爾也必須展開行動，所以他有許多事情想問艾倫。

「我知道了。我不會勉強她。我這就叫母親過來。」

「好。那麼羅倫，麻煩你先帶客人去莉莉安娜夫人那裡。他們應該都很擔心彼此。」

「小的明白了。」

當羅威爾表示休姆可以待在莉莉安娜那裡，直到他們談話開始，休姆立刻喜形於色，說了句：「非常謝謝您！」

至於凡和凱則是等所有人到齊之前，都在另一間房間待命。

羅威爾側眼目送索沃爾等人離開書房，等房內剩下他和艾倫。

他讓艾倫躺在沙發上，接著叫了聲：「奧莉。」

奧莉珍馬上轉移現身。她一見到艾倫的臉，安心地放鬆緊繃的神情。

「幸好平安回來了。」

「……回來？這到底是怎麼一回事？妳快解釋。」

站在羅威爾的立場，即使跟他說艾倫的靈魂不見了，他也搞不懂。因為他覺得艾倫明明就睡在床上，只是被惡夢嚇到了。

但想起奧莉珍當時慌張的模樣，羅威爾心中只留下一抹模糊的不安，令他躁動不已。

「我等等再跟你說。艾倫先借我一下。」

奧莉珍和羅威爾換位置，抱起艾倫，將自己的額頭放在她的額頭上。

「……媽媽……」

艾倫感覺到一陣舒爽的氣息包圍著自己，意識漸漸清醒。

艾倫原本漲紅的臉色就這麼緩緩恢復原狀。

見艾倫哭過頭，把嗓子都哭啞，奧莉珍笑道：

「已經沒事了喲。艾倫妳真是的，我不是說過力量不能使用過度嗎？」

奧莉珍的聲音聽了讓人非常放心，一股睡意就這麼隨之湧現。艾倫以沙啞的嗓音說了

聲：「對不起……」便依偎在奧莉珍身上。

「稍微睡一下吧。等大家來了，我再叫醒妳。」

聽奧莉珍這麼說，艾倫輕輕點了點頭。

跟奧莉珍互碰在一起的額頭傳來一股流遍全身的力量，逐漸淨化不快的熱度。

艾倫順應那種感覺，讓身體被宛如緩緩飄浮在空中的蕩漾感包覆，彷彿置身在搖籃裡一樣。

在恍惚之際，直到剛才為止的焦慮不安也像是被沖走一般，讓她慢慢冷靜。當羅威爾和奧莉珍回過神來時，發現艾倫已經落入睡眠。

過了一會兒，奧莉珍放開艾倫的身體。

「這到底是怎麼一回事？妳說妳在找她又是什麼意思？我一直都跟她在一起啊。」

「親愛的，你誤會了。迷路的是艾倫的靈魂。」

「……靈魂？」

羅威爾明白，既然身為人，對「靈魂」的概念也較為模糊。但對精靈來說，「靈魂」又是什麼樣的概念呢？

見羅威爾還無法進入狀況，奧莉珍開口解釋：

「硬要說的話，就是本質，也像核心。無論人或是精靈，身體基本上都只是容納靈魂的容器。」

「……所以妳的意思是，艾倫的靈魂迷了路？」

「因為她過度使用能力了。維繫靈魂和身體的力量弱化，靈魂就這麼離開身體了。」

「那如果……靈魂一直不回來會怎麼樣？」

「會很危險喔。所以剛才精靈界一片混亂。姊姊好像事前就預見會如此了。」

奧莉珍說著，嘆了口氣。

羅威爾則是一愣一愣地看著艾倫。儘管一直陪伴在身邊，她卻在自己不知道的時候差點喪命。

加上現在聽到雙女神事前知情，羅威爾心中的憤怒不禁開始沸騰。

雙女神總是如此。只會說事情該發生就會發生，什麼都不肯透露。

「她們明知道艾倫會有危險，還要她進入學院嗎！」

「……姊姊們知道是知道，卻也說必須如此啊。還有，親愛的你冷靜一點。艾倫會被你吵醒。」

奧莉珍安撫著散發露骨怒氣的羅威爾，羅威爾這才驚覺自己失態，眼裡盡是徬徨。

他好不容易壓抑住怒氣，卻依舊靜不下來，來回在房內走著。奧莉珍讓艾倫在沙發上躺好，緩緩來到羅威爾身邊。

「你不要生氣……我們雖為女神，卻也受到制約。」

「制約？」

「這是來自形同父親的世界設下的制約。我們和精靈一樣，只能掌管一種本質。」

「形同父親的世界？什麼東西？」

「姊姊確實能夠預見未來，但不能插嘴和世界有關的事。」

「奧莉……？」

「艾倫也跟我們一樣，是受到靈魂約束的女神。發生在艾倫身上的事情關乎世界，所以姊姊不能說事情會演變成這樣……」

「為了世界，艾倫就非得遭遇這種事嗎？艾倫她還小。這跟是不是精靈或女神無關，她是我和妳重要的女兒啊！」

「親愛的……」

羅威爾回到艾倫身邊，跪在地上看著艾倫。她的面容已經和剛才不同，非常祥和。羅威爾輕輕撫摸她的額頭。

想說、想問的事情很多，但羅威爾只能隱忍並吞下肚。他腦袋懂歸懂，卻無法因為「她們是女神」而簡單釋懷。

羅威爾身為凡克萊福特家的人，過去也曾為了守護這個國家，攬上貴族的責任，前去赴死。

所以他無法釋懷艾倫竟背負著比他更沉重的責任。

＊

聚集在索沃爾書房中的人有索沃爾、伊莎貝拉、休姆、羅威爾、奧莉珍，還有艾倫。

凡與凱也前來會合，站在房間的角落待命。

艾倫被裹在羅倫拿來的毯子裡，並被抱在羅威爾懷裡。

見艾倫癱軟地將頭靠在羅威爾肩上，伊莎貝拉倉皇地問著到底怎麼回事。羅威爾一邊安撫她，一邊開口：

「抱歉，這麼晚了還要大家集合。我有兩件事想談，一是關於艾倫救了莉莉安娜夫人，另一件是我們在學院找到想找的東西了。」

「你等一下，羅威爾。應該先讓艾倫上床休息啊！」

「我知道，母親。可是……」

「我沒事……奶奶……」

「艾倫！」

「多虧媽媽，我已經恢復很多了……」

「真的嗎？妳不能勉強……」

「要快點……快點去救他才行。」

「艾倫……」

雖然外表無力，伊莎貝拉卻感覺到艾倫發出強烈的意志，也就不再說話。

見艾倫如此急迫，其他人同樣瞬間明白事態嚴重。

「我們快點談完，讓艾倫去休息吧。」

因此所有人都同意羅威爾這句話。

「艾倫救了莉莉安娜夫人，卻過度使用能力，結果昏倒。當時她作了夢，說她看到有個大精靈被囚禁在學院裡。」

「夢嗎……？」

索沃爾和伊莎貝拉都不解羅威爾到底在說些什麼。羅威爾這才開始解釋。

「你們還記得奧莉在進入學院前，說了令人匪夷所思的話嗎？」

「噢，經你這麼說……好像是說希望艾倫去找什麼東西。」

伊莎貝拉回想說道，索沃爾也跟著想通。

「難道大嫂想找的東西，就是那個大精靈嗎？」

羅威爾點頭回應訝異的索沃爾。

「好像是。艾倫一到學院，就說她感覺到大精靈的氣息。但力量實在太孱弱，不知道他的所在地。所以我們原本是看準了艾倫有感覺到微量力量的場所展開調查。」

「學院有大精靈……？」

也難怪索沃爾會驚訝。從前他還就讀學院時，根本沒人能想到學院裡有大精靈存在。羅威爾首次聽聞時，也跟他一樣驚訝。

「奧莉感覺到的異樣感，在我就讀學院時就有了。那個大精靈存在於學院，恐怕是最近幾十年，甚至更久遠以前的事。雙女神是這麼說的，說艾倫會找到他。」

原本靜靜聽著羅威爾解釋的奧莉珍開口說了一句：「是那孩子。」

「那孩子？」

見羅威爾不解的神情，奧莉珍接著解釋：

「就只有那麼一個人，大概三百年以前就下落不明了。我一直在找他，然而水鏡總是照不到他，我根本無計可施。我問了沃爾姊姊，她才說艾倫會找到他。」

當奧莉珍說出沃爾這名看穿一切的人，羅威爾大概是想起了剛才的爭執，一臉苦澀地握緊拳頭。

奧莉珍知道羅威爾正在隱忍怒氣，於是輕輕按著他的手。

「……艾倫說學院地下有個大精靈，而且是他救了艾倫。」

「原來是那孩子把艾倫的靈魂送回身體裡的。畢竟她當時已經沒剩多少力氣，沒辦法自己回來了。」

所以奧莉珍才會慌慌張張地尋找艾倫。

然而伊莎貝拉等人卻無法進入狀況，只是歪頭不解。

臉。

「艾倫在夢裡被身在學院的大精靈救了……？」

「噢……」

索沃爾和伊莎貝拉一臉不可思議。大概是太過唐突，已經超越他們的想像了。

不過他們仍舊從羅威爾與奧莉珍的態度察覺艾倫經歷一場凶險，因此憂心地看著艾倫的臉。

「那艾倫沒事嗎……？」

「我剛才看過了，不要緊喲。」

「這樣啊……」

說是這麼說，伊莎貝拉依然忍不住擔心，因而泫然欲泣。一旁的索沃爾察覺伊莎貝拉的心情，拿出手帕交給她。

見索沃爾如此體貼，伊莎貝拉感到有些訝異，不過還是開心地接過手帕。

「被精靈救的這件事晚一點再直接問艾倫。我可以先發問嗎？陛下應該下令了吧？」

「是啊。準備就緒後，我們抵達大概要花兩天。所以行動的日子果然還是……」

「就訂在同一天吧。要是因為騷動，孩子們跑來圍觀也傷腦筋。」

「那就是你們待在那裡的最後一天了嗎？」

「對，我已經命令凡負責攪亂了。」

「這樣啊。可是在那之前，莉莉安娜夫人的……」

「你們先等一下。那孩子的力量已經漏出來了，要是不做防範措施，學院會被轟飛喔。我們需要結界。」

「什麼！」

奧莉珍的發言，讓羅威爾等人發出驚呼。

或許是被眾人偌大的聲量嚇到，艾倫發出嗚咽聲。所有人中斷對話，憂心忡忡地看著艾倫。

儘管感覺仍有些無力，艾倫依舊確實撐起身體。一旁的奧莉珍輕輕撫摸她的臉頰。

艾倫稍微揉了揉眼睛，抬起頭來。

「爸爸……」

「噢，太好了。」

羅威爾緊緊抱住艾倫。艾倫知道自己讓人擔心了，有些過意不去地道歉：「對不起。」

「不可以再勉強自己了喔。」

羅威爾用手指輕輕推了推艾倫的額頭。

艾倫一邊按著被輕推的額頭，一邊望向周圍，只見以依莎貝拉為首，所有人都鬆了一口氣。

「妳才剛醒，真是不好意思，不過可以談談嗎？」

艾倫點頭回答索沃爾：

「可以……我沒事。」

艾倫剛才雖是半夢半醒，卻從頭聽到尾，知道現在話題的走向。

她維持被羅威爾抱著的姿勢，切換思緒，試著回憶整件事。

那一瞬間，艾倫想起那名被囚禁的大精靈的模樣，滿腦子都是那個畫面。

見艾倫的臉色突然發青，所有人都一陣訝異。

「艾倫，妳要冷靜一點喲。妳找到那孩子了吧？」

「城堡……他在城堡教堂的地下！就像那個時候一樣，被鎖鏈綁住……他一直在流血！媽媽，要快點去救他才行……！」

「艾倫，冷靜下來。妳不用擔心那孩子的血一直流。」

「……什麼意思？」

奧莉珍溫柔地撫摸艾倫混亂的腦袋。

「當我掌管這個世界的時候，創造了第一個孩子，名叫亞克。他掌管這個世界的力量，是管理流動的精靈。」

「……亞克。那他和媽媽的樣子很像是因為……」

「那孩子是我的第一個孩子……啊，不過弄痛肚子的經驗，只有妳喔！」

奧莉珍感覺到羅威爾發出無言的威壓，急忙補充說明，反倒讓艾倫歪頭不解。

奧莉珍把運用自身力量創造精靈的行為稱作「生育」，在羅威爾聽來卻非常混淆視聽。

若要比喻奧莉珍的力量，其實就像「樹木」。

倘若將她以自己的力量創造精靈的方法當成「插枝」，那麼初代精靈們要說是她的分身也不為過。相較之下，艾倫就是從果實生出來的精靈。

但身為精靈，大家都一樣是從奧莉珍這個母體獲得生命。

「那麼那個人是我的哥哥嗎？」

「嗯……要分門別類的話，應該算是里希特的哥哥吧？」

聽完奧莉珍的話，艾倫才想起他也很像光之精靈里希特。

艾倫熟稔地喃喃道出「亞克哥哥」四個字，當時的情景也隨之復甦。

想快點去救他的想法，讓艾倫再度潸然淚下。

「沒事的，不要哭，艾倫。妳可以再把亞克的樣子詳細說給我聽嗎？」

「房間裡畫著很像魔法陣的東西……他被釘在中央的牆壁上，手臂上刺著管子，感覺是設計要讓他一直流血……那樣子……就跟那時候一樣……」

艾倫消沉地說著，認為奧莉珍大概聽不懂。不過奧莉珍似乎光憑這幾句話就明白了。

「原來這就是原因……我總算想通了。」

羅威爾歪著頭，不懂奧莉珍這句話是何意。奧莉珍見狀一陣苦笑。

「亞克是掌管魔素的精靈。兩百年前和十四年前……這塊土地發生魔物風暴的原因，就是亞克被抓住造成的。」

聽聞這件事實，索沃爾等人不禁屏息，紛紛詢問奧莉珍到底是怎麼回事。

「亞克會常態性地讓這個世界的魔素循環。魔素簡單來說，其實就像血液一樣。但如果不透過像心臟那樣的外力作用，流動便會停止。為了讓力量流遍世界，這是不可或缺的動作。」

每個人都默默聽著。奧莉珍於是繼續說：

「亞克為了世界，必須常態性地使用能力。但如果他的能力遭人剝奪……用來循環世界的力量就會不足，進而產生魔素淤積之地。」

「……無力循環的魔素持續地滯留在一個地點，最後會對那個地方的動物們產生影響……」

「對。這就成了魔物風暴。」

面對艾倫的呢喃，奧莉珍表示她說對了。

索沃爾等人因為這談話規模太大，已經開始混亂。肩負如此重要任務的大精靈，為什麼會被關在學院裡呢？

「意思是精靈被人類抓住，才促成了魔物風暴嗎！可……可是那種大精靈會這麼輕易被區區人類抓住嗎……？」

索沃爾會有這樣的疑問很正常。沒有人能想像高階的大精靈會輕易被人類抓到。

「其實亞克是個有點……不，應該說是非常？慵懶的人。我猜他應該是在人界的草原之類的地方睡午覺。」

「咦？」

聽見這句出乎意料的回答，奧莉珍以外的人全都一陣錯愕。

「他有個很傷腦筋的習性，只要睡著，就很難叫醒了，一睡就是好幾十年……要是人類看見，再怎樣都會知道他是精靈對吧？」

「的……的確是……」

「我一直覺得奇怪，兩百年前王室為什麼有辦法創造出拘束精靈的魔法，這樣我就懂了。他們是用亞克做了實驗吧。」

聽到實驗兩個字，艾倫也想通了。她之所以會在監禁亞克的房間感覺到某種異樣感，理由就在這裡。

「媽媽，請妳等一下。如果他能操縱魔素，不能操縱自己的魔素，停止釋放嗎？」

艾倫表示，只要魔素停止釋放，便能馬上去救人。

也難怪艾倫會產生疑問，不解他為什麼無法憑自己的力量逃出。但奧莉珍搖了搖頭。

「艾倫，妳知道我們面對自己執掌的職責，因為制約會有做得到跟做不到的事吧？」

「知道。」

艾倫是元素精靈。她這股容易讓人誤解能對這個世界的物質無所不能的力量，其實存在各式各樣的制約，並非什麼都辦得到。

而且要是力量使用過度，就會像這次一樣，危及性命。

「掌管魔素循環的亞克沒辦法自己停止流動，這是為了避免他自作主張，停止魔素的循環。畢竟循環一停止，這個世界就會滅亡。為了這個世界，這項制約才會成立。」

奧莉珍為難地表示，艾倫等人一句話都說不出來。

加上亞克無法逃脫的緣由，他們現在還知道他已經以這個狀態被監禁將近三百年了。既然他連用於循環的力量都不剩，或許幾乎沒多少時間處於清醒狀態。

艾倫回想起當時的亞克。他看著艾倫，從未說過一句要艾倫救他的話，反而關心艾倫，詢問艾倫為何要哭。

在遭到拘束的狀態下，他為什麼能說出那種話呢？

王室詛咒的那道霧靄明明一察覺艾倫的存在，就立刻伸出手，哭喊著要艾倫救他們。

當艾倫發出啜泣聲，奧莉珍便抱緊她。奧莉珍一邊輕拍她的頭和背，一邊聽她呢喃：

「好想快點去救他……」

「媽媽，我有叫凡確認過周遭有機關的地方。只要破壞那些東西，亞克哥哥是不是就能得救了？」

「嗯……」

見奧莉珍苦惱地歪著頭，艾倫急得詢問是不是有什麼問題。

「艾倫，可以不要破壞那些東西嗎？」

「咦……可是……」

「應該說，要是那些東西壞掉，可能就沒辦法救亞克了。」

「這是為什麼？」

「我剛才就想說了。要救亞克，必須先做好準備。如果硬是把那團力量跟亞克分開，亞克的身邊就會是準魔物風暴等級的魔素滯留地喔。」

「啊……」

一旦毀壞釋放裝置，流動就會停止，接著變成血栓，一口氣囤積在教堂底下。

艾倫不覺得現在的亞克留有操縱流動的力量。

如果一意孤行，破壞連結著亞克的魔法陣，學院會因為奧莉珍本身龐大的力量，以及高濃度的魔素被炸得灰飛煙滅。

如以一來，就讀學院的眾多孩子將會在瞬間犧牲。這使得急著要去救人的艾倫臉色刷白。

「所以那個裝置反而不能破壞。我們也得採取應對的對策。」

「我知道了……」

「艾倫，妳為什麼要這麼沮喪？妳幹得很好啊！既然那是能拘束亞克的魔法陣，便代表是很難纏的東西，這也沒辦法。」

儘管奧莉珍如此出言安慰，艾倫依舊靜不下來。她的內心非常焦慮，一心想現在馬上去救人。

居然在重要時刻因為勉強而招來報應，無法隨心所欲行動，這令艾倫非常沮喪，覺得自己怎能如此派不上用場。

「親愛的，麻煩你張設一道堅固的結界，一直到行動那天為止。」

「好。」

要是精靈明目張膽現身，恐怕會造成大騷動，因此他們只能選擇悄悄潛入城堡的教堂。

既然是要去拯救被囚禁在學院裡的精靈，知情的人可能會出手妨礙。

艾倫向羅威爾力爭，一定要用更確實的做法把人救出來，這才好不容易冷靜下來。

一想到自己和在夢中時不同，身邊有許多人，艾倫便有了勇氣，知道自己絕對有辦法拯救他。

「所以到那天為止，艾倫妳就回城堡裡休息吧。」

「呃……咦？」

面對奧莉珍這句無情的話語，艾倫的腦袋一片空白。

「如果要調整身體狀態，精靈界是最好的選擇。所以妳就暫時待在城堡裡休息吧。」

「怎麼這樣……！」

艾倫發出極度不滿的聲音。她還沒把學院逛完，就連最有興趣的藥草園也因為昏倒，根本沒仔細看過。

奧莉珍和羅威爾的臉上雖然掛著笑容，卻以非常驚悚的魄力，衝著艾倫露出燦爛的微笑，讓一旁的人們嚇得全瑟縮了肩膀。

見狀，艾倫倒抽了一口氣。

「製作藥品的時候，我們明明那麼耳提面命了，不知道是誰喔～～照樣違反我們的告誡，勉強自己了？」

「是艾倫喲～～！」

面對羅威爾這道提問，奧莉珍揮舞著拳頭，意氣風發地回答。

見兩人一搭一唱這麼有默契，艾倫在自覺自作自受的同時，更感到沮喪。

「可是……可是我跟他說好會救他了！去救他的時候，拜託一定要帶我去……！」

艾倫眼裡噙著淚水拚命傾訴。羅威爾和奧莉珍見了，溫柔地笑道：

「那當然啊，因為只有妳知道他在哪裡耶。所以妳要在那之前調整好身子喔。可以跟媽媽保證嗎？」

「可以！」

艾倫的表情終於從悲傷轉成決心。一旁的人見艾倫的眼淚停歇，這才鬆了一口氣。

「這件事明天再繼續談吧。我要先改變話題，談談休姆和他的母親。」

聽見羅威爾這麼說，艾倫終於察覺不能一直哭哭啼啼。她切換心情，點了點頭。

「學院長想知道怎麼製作我的藥，所以才打算讓我進入學院就讀。」

艾倫這句話讓索沃爾等人感到頭痛不已。他嘆了一口氣說：「難怪不管怎麼拒絕，他都不死心。」

「為了問出藥品的做法，學院長派了休姆過來。因為學院長拿休姆的媽媽當擋箭牌，休姆只能對他言聽計從。」

「我是有聽說對方姓貝倫杜爾，他是你的父親嗎？」

索沃爾似乎想起拉菲莉亞的綁架事件，一臉苦澀地說著。

既然知道了這件事，他也察覺貝倫杜爾從當時就開始覬覦凡克萊福特家的藥了。

「啊，休姆跟學院長沒有血緣關係。」

「沒有血緣關係，代表他的母親是繼室嗎？」

「這個……？」

艾倫並不清楚他們之間的關係，因此看著休姆，沉默以對。休姆見狀，主動開口：

「由於貝倫杜爾夫人拒絕離婚，家母和那個男人並未正式舉行公證。我聽說在書面上，是未經公證的婚姻關係。」

「原來如此，所以他和夫人之間沒有子嗣嗎？」

「是的。」

那是一種只被貴族承認的制度。

倘若膝下沒有可當繼承人的子嗣，便能收養養子，藉由各種手段省略雙女神的儀式。

「休姆的媽媽遭到冷落。他為了拯救媽媽，才會對學院長言聽計從。所以……」

「所以妳才會把人帶來這裡是吧。」

羅威爾接著往下說。艾倫聽了點點頭。

「休姆很能幹，已經取得宮廷治療師的資格。可是再這樣下去，王室將會治罪貝倫杜爾家。如此一來，一定會連累到休姆和莉莉安娜夫人。我是這麼想的，所以才會跟休姆談條件。只要他願意在我們領地效勞，我就會拯救他的母親。」

「原來是這樣……」

索沃爾點了點頭，總算明白一切。羅威爾接下艾倫的話，繼續說明現狀：

「陛下也說他很看重休姆。他會等我們抵達學院，但也沒多少時間，還是盡早辦好莉莉安娜夫人的離婚手續吧。如果當初有公證，便需要經過司法局調解。但既然有書面承認當初無公證，要離婚也容易多了。」

「我……我知道了……我會告訴母親。」

聽聞再這樣下去，自己和母親都會被治罪，休姆的聲音不禁開始顫抖。

「大哥，陛下有件事要我轉告你。」

「……要幹嘛？」

羅威爾露骨地表現出厭惡之情，索沃爾只能苦笑。

「你猜對了喔。陛下要我問你，你的轉移能力有沒有辦法轉移一個部隊左右的人數？」

「不用那麼大費周章，我也能直接把貝倫杜爾帶過去啦。」

「的確是。」

這麼做的確是最簡潔的辦法，索沃爾等人苦笑著。

「反正他一定是打著喘口氣的名號，以半玩樂的心態，想配合我們行動的日子來學院吧。」

「……你猜對了。」

索沃爾大概同樣心裡有數，只能苦笑。

「一有什麼好玩的事，那傢伙就會想介入。他之前不是也總動員來參加你的婚禮嗎？跟他說我要去司法局辦事，沒辦法。」

「我知道了。」

索沃爾想起當時的事，在感到頭疼的同時嘆了口氣。

「對了，你叫休姆是吧？陛下也有話要告訴你。」

索沃爾想起一件事，轉頭面對休姆。

「是。」

休姆開始緊張，不知道還有什麼事。

「陛下說他會把手續辦妥，你不用回王宮沒關係。我希望你直接在我的領地以治療師的

身分工作，可以嗎？」

「呃……這……」

「你要是回去，會被聒噪的人抓住。別跟我們客氣了。」

聽羅威爾這麼說，休姆顯露驚訝之情。

他身上雖有王宮治療師的稱號，但突然被外派到凡克萊福特領，想必會有很多反對意見。

「還有一件事。說來不好意思，其實現在治療院沒有多的空床，所以我想讓莉莉安娜夫人暫時待在宅邸休養。」

「咦！」

沒想到竟要在領主的宅邸休養，實在太令人惶恐，使休姆直搖頭。但既然被告知需要一些時間準備供他使用的公宅，他也只能妥協。

「那麼我和母親就勞煩各位照顧了。」

見休姆低頭致意，索沃爾笑道：

「我們領地現在可是非常非常想要治療師，你就別想太多了。」

「是啊。至於莉莉安娜小姐，就交給我吧。」

伊莎貝拉也笑著對休姆這麼說，休姆聽了，有些熱淚盈眶。

他紅著一張臉道謝的模樣，倒是跟他的年紀很相符。

＊

後來隨著話題結束，艾倫跟著奧莉珍和凡一同返回精靈界。

大概是真的累壞了，當談話大致都有了結論，艾倫早已癱軟無力。

「妳要乖乖休息喔，我的公主殿下。」

羅威爾說著，在艾倫的頭上落下一吻。

「豪……」

半夢半醒的艾倫已經連話都說不清楚了。羅威爾基於擔憂，就是忍不住想照顧艾倫，卻被奧莉珍以一句「不行喲」制止了。

「親愛的，我們這邊不會有問題喲。」

「我也想跟艾倫一起回去啦～～！」

儘管羅威爾鬧著彆扭，還是明白自己有該做的事，所以留在宅邸。

＊

羅威爾和索沃爾等人一同前往莉莉安娜住下的客房。

見宅邸的當家一夥人齊聚房內，莉莉安娜也忍不住緊張。

她本想起身行禮，卻被伊莎貝拉制止，要她保持原樣。

眾人向她轉達剛才商討的事情。

伊莎貝拉坐在莉莉安娜的床沿，握著她的手要她放心。

「這樣啊……」

聽聞貝倫杜爾犯下的罪行和他往後即將面臨的遭遇，莉莉安娜低著頭呢喃道。

索沃爾體貼似的看著莉莉安娜。

「如果妳還愛著那個男人……」

「不，沒有這回事。因為我深愛的男人，只有休姆的父親一人。」

莉莉安娜說著，落寞地笑了。

「而且我也是只想利用他的人。我早就做好獻上生命的覺悟了。」

「媽媽……！」

見休姆一臉慌張，莉莉安娜笑著說：「沒關係。」

「應該沒有那個必要吧，因為對方也沒把你們當貴族看啊。」

聽到羅威爾辛辣的措辭，莉莉安娜雙目圓睜。

「羅威爾！」

面對伊莎貝拉的斥責，羅威爾只是聳了聳肩。

「像那種小人物，就算把你們拉進來當一家人，也會因為沒有血緣關係而歧視你們，你們應該心裡有數吧？然後明明歧視人，緊要關頭卻又要你們當代罪羔羊，或是把你們拖下水。像這種人啊，只要告訴他什麼是現實就好了。」

休姆對羅威爾所說之事有頭緒，一臉苦澀。

「我們幫你們可不是在做慈善事業。艾倫難道沒說過嗎？」

「……大小姐說……這是交易。」

「沒錯，這是一場交易，因為這麼做對我們有利。如果懂了，就不要每件事都往心裡去。」

休姆和莉莉安娜四目相對，察覺這或許是羅威爾獨特的安慰手段。

「……非常感謝您。」

「另外，我們想馬上進行離婚調解。我聽說妳和貝倫杜爾並未舉行公證，這是真的嗎？」

莉莉安娜點頭回答索沃爾的話：

「是的，我們沒有進行公證。對方似乎是想舉辦，但夫人不願離婚……」

「這樣啊。只需要準備文件倒是正合我意，我馬上著手準備。文件交給大哥就行了嗎？」

「可以啊。」

就在事情一步一步往前時，莉莉安娜在困惑之中開口。眾人視線集中在她身上，她有些為難地說道：

「那個人真的……」

「如果妳想替他求情，那就免了。那個男的惹到王室，也惹火精靈了。」

「精靈……？」

「我想貝倫杜爾全族都會被治罪吧。」

羅威爾這句話讓莉莉安娜跟休姆都愣在原地。但學院長所做的事就是這麼嚴重。

*

莉莉安娜還不習慣住在豪華的客房中。儘管感到坐立難安，她依舊撫摸著休姆的頭。

在剛才那場談話中，凡克萊福特家的人們展現出把一切交給他們處理的態度。

事情就在他們呆呆杵在原地之際，一件一件談妥。莉莉安娜他們根本無法插嘴，因為他們知道，這家人是在拯救他們的性命。

「……總覺得心情好複雜。」

「媽媽妳也是嗎？其實我也一樣……」

母子二人四目相交。他們相依為命吃苦的過去，就像走馬燈一樣浮現。這時收留他們的

人，正是那個男的。

他們確實一直忍著那個男人的行為，但那是因為有休姆這個理由。如今理由已經在一瞬間消失了。

受惠的恩情，以及過去遭遇的對待，在他們腦中不斷交替，逐漸轉變成某種無法完全消化的東西。

「跟我聽說那個人死掉的時候一樣……一切都在一瞬間改變了。」

休姆靜靜傾聽莉莉安娜所說的話。

「我不是愛著他，但我很感謝他。我沒想到人和人的緣分會這麼簡單就在一瞬之間改變了……」

「媽媽……」

他們被夾在受了貝倫杜爾幫助的事實與被苛責的記憶之間。

休姆像是要鼓勵因這股無法言喻的心情而消沉不已的莉莉安娜，提高了聲調開口：

「……我看啊，我們不要再被過去綁住了。」

「休姆？」

「如果是在這裡，我就可以跟媽媽重新出發。我是這麼想的。我也可以獨當一面了，所以媽媽……」

休姆握住莉莉安娜的手，然後微笑道：

「媽媽妳也找個新的人吧。我想支持妳的幸福。」

「休姆？」

「不要為了活著委曲求全。我也沒辦法叫妳忘記爸爸，可是我覺得已經夠了。就算妳找到一條新的路，爸爸一定也會替妳加油的。」

「…………」

「對不起，是我綁住妳的自由了……」

「你在說什麼啊？你是我跟那個人的寶貝兒子呀。我怎麼可能會覺得你綁手綁腳？」

「嗯……謝謝妳，媽媽。」

休姆被莉莉安娜抱在懷裡哭著。

而莉莉安娜了解到自己把心愛的兒子逼成這樣，也哭了。

＊

之後，羅威爾帶著凱和休姆回到學院，艾倫則是隨著奧莉珍和凡回到精靈界。

準備時間只有兩天，羅威爾忙著快速在學院布下結界，並用轉移飛到司法局。

回到精靈界的奧莉珍和凡則是一直守著臥病在床的艾倫，時刻照顧著她。

第二十一話　靈牙統領

艾倫一醒來，便發現自己和羅威爾睡在床上，卻不見奧莉珍人影。

當天談話解散後，她的記憶就曖昧不清，看來是當場直接睡著了。

她看著睡在眼前的羅威爾的臉龐，忽然想起昨天的事。

她的身體變成半透明狀態，就算呼喊雙親的名字求救也沒人聽見；即使想回到身體裡也辦不到。那個地方只有絕望。

當時的恐懼再度襲上心頭，令艾倫開始瑟瑟發抖。

艾倫發現隨著自己轉生的記憶日漸淡薄，她越來越無法成熟處事。

感覺就像被身體的年齡拉扯著，變得感情用事。要是父母不在身邊，就會變得極度不安。

那是一種凡事都要一一親身體會的感覺，覺得一切都很新鮮，覺得時間流動很緩慢，覺得每天都像在冒險。

日子一久，從前的記憶慢慢開始朦朧。

往昔的記憶彷彿遭到塗改，讓她不禁害怕是不是會逐漸消失。

正因為這件事無人能傾訴，才會有一份被塵封的恐懼始終藏在心底。

那份焦慮就像雙手捧著一潭乾淨的水，興沖沖跑到雙親面前時，水卻從指縫間流出，已經所剩無幾那樣。

為什麼沒有了？孩子會如此心存疑問。而過去的自己會回答孩子。

但現在就像會道出解答的另一個自己即將消失那般，令人感到不捨。

或許是因為情緒變得不穩定，她總是無法擺脫重要的另一個自己將會消失的恐懼。

為了讓自己放心，艾倫挪動身子，靠近羅威爾的胸膛，然後緊緊黏在他身上。

想撒嬌的心情作祟，她本想著聽聽羅威爾的心跳聲應該就會冷靜下來。

沒想到當她側耳傾聽羅威爾的心跳聲……心跳竟跳得飛快。

「……？」

艾倫不解地抬頭看向羅威爾的臉，只見他的臉龐有些潮紅，是一副拚命地憋笑的怪表情。他的嘴角還不斷抽動。

當艾倫打算悄悄離開羅威爾，他卻發現了自己的意圖，結果反被緊抱在懷裡。

「我女兒可愛到爆……！」

「……早安，我壞心眼的爸爸。」

「早安，我可愛的公主殿下。我才不壞心眼，壞的是妳太可愛了。」

羅威爾親吻艾倫的頭頂，接著再度圈住她。

兩人就這麼維持這樣的姿勢好一會兒。當艾倫詢問是不是該起床了，羅威爾說「不行」的聲音卻從頭頂傳出。

「……今天不是要協商怎麼救出大精靈嗎？」

「已經談完了喔。妳啊，今天要這樣，跟我一起待機到明天。」

「……咦？可是我們不是預定在學院停留到後天嗎？」

「啊，我懂了。艾倫，妳已經睡掉一整天了喔。不過已經沒事了，因為妳很努力啊。然後我也很努力，我超──努力設結界喔。所以明天就要一決勝負了。今天是為了明天做準備，把身體調整好的日子。」

「一整天……對不起。」

大概是身體在吶喊這就是極限了吧，艾倫沒想到自己會睡這麼久。

見艾倫遲遲不醒來，羅威爾在擔心之下，一口氣做完張設結界的工作，然後回到這裡。

「不過奧莉說了，如果妳的靈魂沒有脫離，大概也找不到那個大精靈的所在地。所以我覺得心情好複雜喔……」

艾倫感覺到羅威爾抱著自己的手發出微微顫抖。她自知自己讓人擔心，不由得輕聲道歉。

「我知道妳想早點救出那個在地底的大精靈。不過呢，這件事也關係到休姆他們的性

命。我們要幾乎同時行動。所以我們就一起休息，等時間到吧？」

「…………選明天沒問題嗎？」

「當然沒問題，因為明天有個大活動啊。」

「活動……？」

「沒錯。雖然是針對特定學科的學生舉辦，而且有年滿十四歲的門檻，卻是每個人都很憧憬的活動喔。」

「爸爸說的難道是你上課時說過的那個？」

「哦哦！真虧妳還記得！」

羅威爾開心地親吻艾倫的臉頰。

「咦？明天？就是明天嗎？要跟精靈交流？」

「沒錯。陛下硬是配合日期，正趕往學院喔。很令人興奮吧？」

艾倫苦笑，只覺原本的目的好像已經遭到替換。

「學院為了準備這個活動，也是忙翻天了。要是現在回去一定很醒目，所以我們今天窩在床上，用特別製作的水鏡來一場鑑賞會吧！」

羅威爾開心笑道。艾倫見狀卻眨了眨眼。

「……鑑賞會？」

「呵呵，這是改良版的水鏡。我可以想像妳一定會嚇一大跳喔～！」

羅威爾一邊說，一邊用念話對某個人下令。

過了一會兒，擔任侍從的精靈迫不及待地拿著一面巨大的全身鏡來到房裡。那面鏡子的尺寸高達三公尺，而且有五公尺寬。

「鏡子？」

精靈們逐步將鏡子放在床尾，接著拿來巨大的靠枕，一個一個堆上床，似乎是要拿來當靠背。

艾倫默默看著他們動作。這時獸化的凡策動龐大的身體跑來，頭衝著那些靠枕撞上去。

「哇～～！」

女僕們四散，各個試圖接住往反方向飛過去的靠枕。

「凡，不行啦！」

艾倫罵著凡「不乖」，凡卻鑽到艾倫的背後貼著她，用頭磨蹭艾倫。

艾倫也把自己的額頭靠在凡的額頭上，摸著凡的脖子。

「要靠枕的話，吾來充當。」

他沒好氣地呼出鼻息，在床上翻了個身，露出肚子。

凡一露出肚子，艾倫就會反射性地大喊「毛茸茸～～！」然後整個人埋進凡的肚毛裡。

「真受不了你……你是特地來當艾倫的靠枕嗎？」

羅威爾看了傻眼，凡卻直言「那當然」，惹得艾倫笑了出來。

「因為妳一直不醒來，凡很擔心妳，都坐立難安喔。」

聽到羅威爾這麼說，艾倫這才從凡的肚子露臉。

「凡，對不起。」

「看您已經恢復精神就好。」

雙方說完，再度互碰額頭，這個舉動就像兩人和好的印記。

就在他們笑鬧之際，奧莉珍突然轉移，出現在床邊。

「都準備好了嗎？」

「媽媽！」

「艾倫，妳醒啦。燒退了嗎？」

奧莉珍一邊說，一邊把自己的額頭貼在艾倫的額頭上。

「看來是退燒了。」

她摸著艾倫的頭，鬆了一口氣說道。

「啊，那個……」

「艾倫，妳睡了一整天喲。這段期間，我拜託列本還有庫立侖來替妳治療了。」

「謝……謝謝媽媽。」

庫立侖是治療精靈，列本則是掌管生命的精靈。庫立侖可以治療傷病，列本可以恢復被削弱的體力。

當眾人為了求藥，蜂擁至領地時，他們兩人曾在檯面下努力幫忙過。
「晚一點我們一起去謝謝他們吧。」
「好。對了，媽媽，這到底是什麼？」
艾倫指著鏡子問道，奧莉珍也笑著回答：
「呵呵呵，這個啊……是我改良的水鏡喲。」
「水鏡……？」
水鏡是能映出人界風貌的鏡子。但艾倫很驚訝，因為這樣的概念簡直就像電視機一樣。
「雖然力量變得比水鏡還要弱，應該還是可以看一下。」
說完，奧莉珍也興沖沖坐上艾倫的床鋪。
艾倫被雙親夾在中間，三個人靠在凡身上，看著鏡子。下一秒，鏡子裡竟出現學院的風景。
「咦——！」
「呵呵呵，厲害吧？這可是爸爸我想的主意！我說要是能用一大面鏡子觀賞，一定很方便，結果精靈就幫我做出來了。」
「大家好厲害！」
「啊～再多誇一點～～」
羅威爾說著，臉頰也不忘往艾倫的頭擠過去。

艾倫覺得羅威爾這樣有點煩，於是推開他的頭。

「爸爸你好煩又好重。」

「哇——！好一陣子沒聽妳說這種話了！而且是不是進化啦？爸爸一點也不煩，也不重啦～～～～！」

羅威爾緊緊抱住艾倫。

艾倫覺得雙親實在非常寵溺自己，不過那也就代表他們有多擔心自己，這讓她再次反省自己的所作所為。

而且大概是因為人一旦病弱，就會想撒嬌，現在這個狀況倒是讓她覺得很開心。

見艾倫藏不住興奮之情，羅威爾和奧莉珍相視而笑。

「艾倫不是想看學院的藥草園嗎？這面鏡子的力量雖然不如水鏡，但如果只是看看外觀，倒是綽綽有餘。」

「真的嗎！」

見艾倫滿心期待的模樣，奧莉珍說了一句：「會出現的，等一下喔。」便探出身子，開始調整鏡子。

「怎麼樣啊？爸爸我都知道妳想看的東西是什麼喔。」

羅威爾得意地挺起胸膛。艾倫聽了，轉頭用閃亮的雙眼面對他說：

「爸爸，謝謝你！」

見艾倫如此開心，周遭的一切突然明亮了起來。

「努力總算有回報了……」

艾倫的笑容直擊羅威爾內心，弄得他把臉埋在床單中扭動。

＊

他們四個人看著學院的外觀，直到艾倫心滿意足後，羅威爾便把她睡著時談妥的事情都告訴她。

明天學院即將舉辦一年一次的重要活動，他們已經設計好，要趁亂拯救亞克。

「大家的注意力集中在一個地方，這樣做事的確很方便。」

「而且索沃爾的隊伍也會混在人群裡面。就算被人發現，大家也會把目光放在他們身上，妳說是吧？這是為了抓住學院長和他的黨羽。爾後還需要一個代理人經營學院，要動到很多人。」

「可是大家動作好快喔。我還以為這種事都需要等待上級指示，處理速度會變慢。」

「我是很想說這就代表他惹出來的事情很大條，。過貝倫杜爾本來就因為形跡可疑，早就被盯上了。」

「咦？」

這意料之外的情況，讓艾倫有些驚訝。

「唉，如果陛下連這點小事都沒注意到，我也傷腦筋。看來他早就知道貝倫杜爾想要妳的藥而擅自行動了。不過他說為了掌握決定性的證據，他費了一番功夫。貝倫杜爾是歷史悠久的貴族世家，單憑猜忌，陛下也無法行動。表面上會以他監禁精靈，引發魔物風暴為由懲處。如果是兩百年前那次就算了，這次才過了十四年嘛，他跑不掉了。」

魔物風暴是人們尚且記憶猶新的事件，有許多人因此喪生。

那些不會痊癒的傷痕，全都會衝著學院長發洩。

「……我很慶幸自己救出休姆他們。」

「妳的鼻子很靈，真的嚇死人了。事情一下子就會超前進度。不過妳要好好愛惜身體。」

「好。對了，休姆的媽媽……」

「她啊，順利離婚了。其實也不算是離婚，只是讓一切關係無效罷了。更別說我有先改過結婚證書了。所以其實很簡單。」

羅威爾拋了個媚眼，艾倫卻忍不住喃喃唸了一句：「腹黑……」

「休姆這邊算是沒問題了。但亞克哥哥……」

「那邊也沒問題喲。以防萬一，昨天羅威爾已經在學院周圍努力做好準備了。只要羅威爾跟妳帶路，我的靈牙們就會趕過去了。」

「靈牙嗎？」

艾倫一愣一愣地重複奧莉珍的話。她想起凡說過，所謂的靈牙就是任職於精靈城的騎士集團。

「為了防止亞克失控，我們必須小心為上。」

「媽媽……那個……」

「怎麼了？」

「妳說的靈牙，是凡的……」

「哎呀，妳知道呀？沒錯，就是凡的母親喲。他的母親是靈牙統領，她也會來喲。」

聽到奧莉珍滿面笑容地這麼說，艾倫顯得有些起勁。

「既然是凡的媽媽，就代表……！」

「母……母親怎麼了嗎……？」

充當所有人的靠枕的凡，一聽到母親的名字，瞬間開始發抖。那殘破的嗓音幾乎讓人誤會是不是出了什麼事。

艾倫曾聽說凡的白虎模樣是遺傳自母親。當艾倫這般好奇地猜測時，旁邊傳來一道彷彿人在地上爬的低吼：

「妳見到凡的母親想幹嘛……？應該不是想打聲招呼吧？」

面對羅威爾這句厭惡到極點的發言，艾倫興奮地叫道：

「肉球毛茸茸！」

「公、公主殿下！難道吾的肉球和毛茸茸還無法滿足您，您要花心嗎！」

「咦？」

「母親的肉球和毛茸茸都屬於父親，所以不行！」

「什麼～～？就一下下……」

「不行啦！」

「真的不行～？」

艾倫雙手合十，嘴裡唸著：「拜託～！」讓凡看了幾乎招架不住。

「就、就算吾說可以，母親也未必會說好。」

「嗯，我知道了。到時候我就放棄！」

「……」

見凡一臉複雜，艾倫也不忘好好地補上一句：「凡的肉球和毛茸茸是世界第一喔！」凡聽了心情大好，得意地呼出鼻息。

「那我就馬上把人叫來嘍。小奧～！艾倫說想見妳喲～妳可以過來一下嗎～？」

小奧？正當艾倫對這個稱呼感到驚訝時，一名釋放出驚人威壓的人物轉移到房間中央現身。

（唔噢……！唔噢噢噢噢噢！）

艾倫的眼裡閃爍著驚訝與興奮的光輝。

受到奧莉珍呼喚現身的人形精靈有著一副非常好的體格。

長相很像凡，是個妖豔的美人。看臉蛋就知道是個女性，但當視線來到脖子下方時，會發現她全身就像健美先生一樣都是肌肉。

她手腳粗壯的程度，大概跟艾倫的身體不相上下。身高也很高，看起來說不定比凡的父親敏特還要高。

雖然有一對超級大巨乳，卻結實得讓人忍不住懷疑根本是肌肉。

她背上揹著一把入鞘的大劍。這把劍大概有兩公尺長，同樣非常巨大。

髮型和凡一樣，是一頭像刺蝟那般亂翹的小狼尾樣式。後頭的髮長幾乎及膝，宛如虎尾般不停搖擺。

「唔噢噢噢噢噢噢噢噢噢噢！」

艾倫興奮的心聲全流洩出來了。這名被稱作小奧的人物跟艾倫對上眼後，咧嘴一笑。她的眼睛有著跟凡不一樣的金色。

「哦！妳就是傳聞中的公主嗎！好小隻喔！我叫奧絲圖，是這小不點的母親。」

「小不點？」

「就是凡喲～小奧真是的，從凡出生開始，就一直叫他小不點喲～」

「女王，妳是時候別再叫我小奧了。」

「也請母親是時候別再叫吾小不點了！」

「煩死了，小不點。要是不想被我這麼叫，就快點長得比我大。」

「唔……！」

「討厭啦～妳老是這樣，不近人情～」

見奧絲圖態度如此，奧莉珍不禁笑道。凡則是趴在床鋪，整張臉黏在床單上，耳朵和尾巴也反射性地垂落。

凡化為人形時的體格，很符合他這個年紀的男性，看來應該是像到父親。

艾倫見凡如此抬不起頭來，緊張地出聲打招呼。

「我、我叫艾倫！幸會，我是媽媽的女兒。」

雖想下床好好打招呼，奧莉珍和羅威爾卻阻止她，表示不行。奧絲圖也笑著說不用介意。

「喂，肌肉，不准碰艾倫喔。艾倫很纖細的。」

「爸爸！你怎麼能對女性這麼沒禮貌……！」

因為種種過去，羅威爾很討厭女性，套用在精靈身上也一樣。他心中唯一容許的對象就只有身為母親的伊莎貝拉、奧莉珍，以及艾倫了。

「你還是老樣子，過度保護，跟那傢伙一樣。不過我沒想到居然會小隻成這樣，我碰了感覺的確會壞掉。我聽說妳身體不舒服，現在已經好了嗎？」

「那個……我代爸爸向你道歉。多虧大家，我的身體已經好了！」

「是嗎是嗎，那就好，畢竟小不點很擔心妳。還有，我粗魯是事實，妳不用在意。」

見奧絲圖笑得爽快，艾倫實在是意想不到。

「說肌肉是肌肉有什麼不對。」

「爸爸——！看我堵住你這張沒禮貌的嘴巴！」

「唔嘎唔嘎！」

艾倫用雙手堵住羅威爾的嘴巴，奧絲圖見狀，也笑了。

「羅威爾對付不了小奧，所以很不甘心啦～」

「奧——莉——！」

儘管嘴巴被艾倫摀住，羅威爾依舊含糊地大叫著。

不過聽見這句無法置若罔聞的話，艾倫倒有了反應。就算羅威爾馬上要奧莉珍別說，奧莉珍仍然毫不猶豫地說出了理由。

「小奧以前劈開過羅威爾的結界喲～就像這樣，啪唰的一聲。那聲音好悅耳～」

「咦……」

奧莉珍呵呵笑著。羅威爾則是鬧著彆扭說：「我才不是對付不了……」

不過奧絲圖這個話題主角卻是光明磊落，一副理所當然的樣子。

「某種程度的事都能靠拳頭搞定喔！」

「母親……這樣別人會以為妳連腦子都是肌肉，請到此為止吧。」

「明明就是肌肉嘛！」

羅威爾似乎到現在還是不甘心，不禁如此大吼。

「哼，要是不甘心，就把結界強化得更紮實一點吧。」

奧絲圖當面回嗆羅威爾的挖苦，惹得艾倫雙眼都亮了。

「好帥……！」

艾倫覺得對方是個非常大方而且帥氣的女性，內心因而被打動，顯得很興奮。一旁的羅威爾和凡卻是一副難看的臉色。

兩人頻頻嘟囔著：「肌肉……！肌肉比較好嗎！」

就在這時，房間的門砰的一聲開啟。艾倫等人定睛看向門外，思量著這次又有什麼事時，只見擔任精靈界宰相一職的敏特氣喘吁吁地站在那裡。

「我感覺到愛人的氣息！」

見敏特突然出現，艾倫訝異地看著他。

「嘖，被煩人的傢伙找到了。」

「奧絲圖！既然妳要來精靈城，請妳先來找我！」

「啊～吵死了煩死了。小心我打飛你。」

「奧絲圖怎麼這麼冷淡……！但就是這點好！」

艾倫沒見過敏特這副模樣，不禁愣在原地。這時敏特察覺艾倫的視線，輕咳了兩聲清嗓子。

「公主殿下，您身體已經無恙了嗎？」

「敏特你……」

「怎麼了嗎？」

艾倫望著滿臉笑容，無論怎麼看，都像是個知性青年的敏特，嘴裡喃喃說著：「原來你是這種人啊……」

「父親只有在母親面前才會變成這樣喔。」

凡在嘆息之間說著，艾倫聽了也露出苦笑。

「不要靠近艾倫。你們的毛茸茸都是危險物品。」

羅威爾甩著手，不斷想把他們甩走。奧絲圖見了這態度，不禁皺眉。

「你開什麼玩笑啊？我根本什麼都沒幹啊。」

奧絲圖一臉厭煩地這麼說，下一秒卻又歪頭不解：「嗯？毛茸茸？」

「噢，是小不點常說的那個啊？」

奧絲圖似乎想起了什麼，捶了捶自己的掌心。

「公主，你最愛我家小不點的毛跟肉球了是吧？小不點他可是每天拚命打理自己的毛跟肉球喔。」

「咦？」

艾倫很訝異，不知道原來凡私底下為了她這麼努力。但奧絲圖倒像是想到了什麼歪主意，露出不懷好意的笑容。

「母親——！妳怎能把吾的努力告訴公主殿下呢！」

奧絲圖無視生氣的凡，說了一句「就是這個啦，這個」，就這麼獸化了。

艾倫覺得自己似乎聽見一聲「砰」的音效。

奧絲圖獸化後，盯著艾倫的臉瞧。她是一隻比凡獸化後還大五倍的白虎。眼見那光澤有致的毛皮和那雙送上門來的前腳，艾倫整個人都定格了。她甚至忘了眨眼，只顧著聚焦在奧絲圖身上。

「這不是我好久不見的奧絲圖獸化的樣子嗎！」

敏特本想偷偷磨蹭奧絲圖的尾巴，她卻重重擺尾打了下去。

「唔噗！」

儘管臉上全沾滿細毛，敏特卻仍是一副喜孜孜的模樣。奧絲圖一邊側眼看著他，一邊將手掌攤開給艾倫看。

「要試試我的毛茸茸和肉球嗎？」

粉色肉球的尺寸比艾倫的臉大上好幾倍。那種東西一放在眼前，艾倫忍不住大叫：

「唔哇啊啊啊……！」

興奮地大叫後，她隨即往後倒下。

「艾倫！」

「公、公主殿下！」

羅威爾急忙抱住艾倫一看，發現她整張臉就像煮熟的章魚一樣紅，雙眼更是已經冒出金星，表情卻顯得非常幸福。

「哎呀哎呀～她被小奧的毛茸茸肉球迷倒，又發燒了～」

「喂，肌肉！妳怎麼能給大病初癒的艾倫這麼強烈的刺激啊！」

「吾的毛皮和肉球……竟輸給母親了……」

見事態一發不可收拾，奧絲圖抓了抓頭。

「啊，這………抱歉了。」

奧絲圖難得一臉沮喪，列本和庫立侖也急急忙忙趕來，精靈城一如往常，慌亂不已。

第二十二話　拉菲莉亞事件

自從拉菲莉亞將凱當成下人使喚之後，她在學院的生活便為之驟變。

先前雖然有艾米爾這麼一個煩人的存在，她卻也擁有幾個以平民為主，並且聊得來的朋友。

沒想到那些人卻在一夜之間，以難以置信的表情看著拉菲莉亞。

儘管過去有著態度露骨，像艾米爾那樣的貴族，以及在一旁數落她的平民，現在卻彷彿四周所有人都成了她的敵人。

（討厭，搞什麼鬼啦！）

拉菲莉亞暴躁地走進教室，裡頭所有人突然同時停止交談，看著拉菲莉亞，開始說起悄悄話。

她如同往常打了聲招呼，結果眾人戰戰兢兢地輕聲回話後，都各自跑了。

拉菲莉亞知道自己搞砸了，卻無法承認。

（因為我把凱當成下人使喚？意思是護衛不算傭人？我又不知道！）

艾米爾說過，她根本不懂身為貴族的立場。拉菲莉亞一直放不下那句話。

（什麼立場，我就是貴族啊！）

追根究柢，要不是艾米爾的母親艾齊兒，拉菲莉亞一出生就能在凡克萊福特家裡生活了。

一開始搶走那個場所的人就是艾齊兒和艾米爾，所以拉菲莉亞認為自己根本沒有錯，相當生氣。

（再說艾米爾還害得我念書念得很辛苦！所以就算有我還不懂的事情，那也沒辦法啊！）

艾米爾一出生就接受貴族的教育，理所當然會跟從中途才開始學習的拉菲莉亞有差距，旁人卻不願如此諒解她。

「為什麼……我也很努力啊……」

如今她覺得凡克萊福特宅邸的氣氛也是糟糕透頂。

有個成天不外出，只顧著喝酒的母親，以及愁眉苦臉，只會嘆氣的父親。

某天，她聽到這樣的父親跟著羅倫向伊莎貝拉報告，說艾倫要來了。

也知道當時伊莎貝拉他們看起來真的很高興，興沖沖地準備點心。

他們看著自己與艾倫的眼神有著明顯的落差。

「為什麼？為什麼？……我搞不懂啦。」

她本以為離開那般難受的宅邸後，能在學院這樣的新天地交到朋友，沒想到艾倫一來，

所有人瞬間為之著迷，紛紛離她而去。

「為什麼……都是艾倫……」

拉菲莉亞無法按捺自己心中的憤恨，不懂為什麼只有她要受到這種對待。

她的頭腦深處明白所有人會離她遠去，是因為她的行為不當，但她並不想承認。

她不斷告訴自己：我沒有錯。

雖然想哭，這裡卻是敵陣大本營，拉菲莉亞於是咬牙忍住。

（我說什麼都不會哭！）

哭了便輸了，便著了艾米爾的道。

（一想起那女人的臉，我就一肚子火！）

她一定會用不可一世的態度嘲笑自己。拉菲莉亞握緊拳頭，心想著自己絕對不會輸給她。

*

拉菲莉亞突然被不認識的淑女科學姊叫到後花園，說是有話想說。不知道對方想做什麼，拉菲莉亞相當不悅。

而且伯父明明在前幾天就來到學院，卻完全見不到面，這樣的現狀也讓她心中焦躁不斷。

艾莉雅也怨嘆伯父不肯見她，所以拉菲莉亞早有覺悟會是如此，只不過見面的機會少成這樣，她也很清楚對方是刻意迴避。

拉菲莉亞不知道為什麼非得避不見面，因此更覺得焦躁。

加上前來赴約的是一群男生。知道那個把自己叫出來的學姊騙人，拉菲莉亞心中的焦躁立刻爆發。

「什……你們幾個，到底想找我幹嘛！」

站在拉菲莉亞眼前的人，是前幾天也在學生餐廳裡的男生們。

他們的眼神和一開始前來攀談時大相徑庭。男生們原本交頭接耳說著悄悄話，其中卻有個身在中心的人，下定決心對拉菲莉亞開口：

「妳是凡克萊福特家的千金吧？」

「對啊。那又怎樣？你們以為做這種事能全身而退嗎？」

那些男生們家境還算富裕。雖然就讀騎士科，但仍舊身為平民。

儘管拉菲莉亞的話雖讓他們心慌，他們卻仍想表達自己的意見，因此步步逼近拉菲莉亞。

「聽說妳是平民出身吧？」

「……對啊。」

拉菲莉亞以為他們又要以平民的身分貶低她，心中的焦躁再度脹大。

但當拉菲莉亞想起這幫傢伙應該也一樣是平民時，對方拋出了一句意料之外的話語。

「妳實在很礙眼！」

「……咦？」

「因為妳，我們真的被妳害慘了！」

「為……為什麼要怪到我頭上啊！」

拉菲莉亞隸屬淑女科。她和騎士科分明沒有交集，根本不懂對方為什麼指控自己害人，也就更暴躁了。

「都怪妳，貴族們才會瞧不起我們！開口閉口都說我們是平民！每次妳鬧事之後都是！」

「什……」

「凡克萊福特家出過很多任騎士團團長，是我們的憧憬！但為什麼妳這種爛人是那個家的人啊！」

「咦……」

「艾米爾小姐說妳是平民出身，不懂貴族的立場，但妳在凱學長面前不就擺出一臉貴族樣嗎！而且還把以騎士身分擔任護衛的家臣當成下人！讓人難以置信妳是那個家的人！」

拉菲莉亞完全聽不懂眼前這個男生話中的意思。

「我管妳是不是平民出身，既然以貴族的身分來到這裡，妳就是貴族！那就表現得像個貴族啊！不要給我們惹麻煩！」

「呃……可是我……」

「可是什麼？我知道了……不管我說什麼，妳都聽不懂是吧？畢竟妳很出名啊。」

「出名？」

「一進貴族家後，就跟母親一個勁地任性。聽說妳也不讀書，家庭教師更是一個換過一個？還有人說妳對女僕的態度同樣很跋扈。」

「什麼啊！根本都是亂說的！」

「亂說？但我們看妳對凱學長的態度，倒覺得傳聞是真的。」

「……可是……」

「就只會說『可是』，妳是怎樣啊？好歹替自己的行為負責啊。這才是立於人上的貴族吧！」

「貴族……」

「妳一直逃課，可能不懂什麼是貴族吧。真虧妳這樣還沒人罵妳。」

聽到他這麼說，拉菲莉亞想起了一件事。索沃爾自始至終都在罵她。

但她因為叛逆，根本不聽索沃爾說話。畢竟艾莉雅說這樣沒問題。

「是媽媽……說沒關係……」

「啊？妳媽怎麼會知道貴族的處世之道啊？妳媽才真的是跟我們一樣的平民吧？有問題就要問妳爸啊！」

「怎麼會……可是……」

「我受夠了！一直『可是可是可是』！妳就只會說這個嗎！」

見他們各個激昂，拉菲莉亞都快哭出來了。她不懂自己為何非得被人這樣責備。

她明明只是照著母親說的去做，不知道為什麼這樣不好。

不對，她覺得自己已經隱約快要明白了。就是因為她過去一直逃避，那些責任現在才會化為旁人的不滿，一口氣反撲。

「啊——該死！反正妳別再給我們添亂了！」

男生們留下這句話，就這麼離去。

＊

被獨自留下的拉菲莉亞愣在原地。那些男生們說了，她給他們添盡麻煩。

他們說，既然以貴族的身分來到這裡，就要表現得像個貴族。表現得像個貴族是什麼意思？即使如此自問自答，拉菲莉亞依舊不懂。

那些男生說因為她的行動，害他們被罵是平民、被貶低。其實她自己也被貴族瞧不起。

一下說她只是區區平民，一下又說果然是平民。

「我明明是貴族，卻擺出一臉貴族樣……？但我不就是貴族嗎？我……」

她把疑問說出口後，察覺有人從背後接近。她在警覺之下回頭，發現艾米爾就在那裡。

她今天沒有帶著跟班。拉菲莉亞切換思緒，瞪著艾米爾。

「妳跟好幾位男士幽會結束了嗎？」

「……啊？」

「明明在淑女科學習怎麼當個淑女，妳這顆腦袋真是什麼都沒學到耶。」

「……」

對方說得這麼露骨，不禁讓拉菲莉亞想起剛才的光景。她一個女子，被好幾個男子包圍，在後花園相會。她現在終於想起這件事，整張臉發青。

「我一直以為你是個笨蛋，沒想到真的是個笨蛋。放心吧，八卦已經傳得滿天飛了。」

見艾米爾不斷竊笑，拉菲莉亞這才覺得完蛋了。

這麼一來，更會被人排擠，說她是個不檢點的女人。之後大概會演變成被老師叫去教訓吧。

「我來告訴妳，剛才那個問題的解答。」

見艾米爾一直竊笑，拉菲莉亞實在不解。她到底想回答些什麼？

「妳身上可能真的流著貴族的血，但妳的態度根本不像貴族，只是利用自己的立場，就像一個得意忘形的平民在欺負平民。這就是妳。」

「得意忘形的平民……？」

「明明不願學貴族的規範，卻厚著臉皮自稱貴族，這就是妳。除了傲慢，什麼都不是。所以平民和貴族才會覺得妳礙眼，這樣妳明白了嗎？」

「……」

「妳的態度就像是欺凌平民的愚笨貴族。況且妳還出身市井。明明出身平民，卻不懂平民的心，簡直爛透了。站在我們貴族的角度，像妳這種沒品的貴族，只會侮辱全體貴族的盛名。實在很礙眼。」

「…………」

「…………我……」

「可以請妳快點滾嗎？這裡沒有妳的容身之處。」

「噢，我想起來了，妳在領地也沒容身之處嗎？但這是妳自作自受，怨不得別人。」

艾米爾呵呵笑道，拉菲莉亞覺得眼前突然一片黑暗。

她根本沒想過會因為反抗索沃爾，不聽他的話，就讓自己落到如此下場。

正因為索沃爾已經料想到事態會演變至此，才會以貴族的身分，嚴格鞭策拉菲莉亞。

然而艾莉雅說，因為她們是貴族，所以無所謂。既然如此，艾莉雅的態度又該怎麼說呢？

拉菲莉亞覺得自己總算看見事態全貌，也明白艾莉雅和自己在宅邸為何會被人孤立了。

艾莉雅對羅威爾的異常態度。她說大家都成了一家人，所以想打好關係，但若是女性，比起羅威爾，應該要先打好和伊莎貝拉或奧莉珍的關係才自然。

但她不分自己的立場，蔑視伊莎貝拉等人，只想拉近和羅威爾的關係，這樣的行為，看在旁人眼裡會怎麼想呢？

也難怪羅威爾他們會徹底躲避拉菲莉亞她們，因為不想和她們扯上關係。

「怎麼會……怎麼會………」

拉菲莉亞呆愣在原地，當場跪在地上。

已經太遲了，她發現得太晚了。

艾米爾見拉菲莉亞整張臉變得鐵青，打從心底感到歡愉地笑了。

第二十三話　賈迪爾的煩惱

賈迪爾聽了勒貝順便報告的內容，不禁覺得頭痛。

光是艾倫昏倒這件事，便讓賈迪爾內心慌亂不已了。而現在拉菲莉亞的問題則像是要蓋過那份焦慮，直接從天而降。

「她到底想怎樣啊……」

但如果賈迪爾以王族的身分提醒拉菲莉亞，大家只會覺得她怎麼能讓王室之人說這種話，鬧到最後她會更抬不起頭來。

而且說不定拉菲莉亞會反過來利用賈迪爾出面的事實，像以前那樣大肆炫耀。

情況變成這樣，賈迪爾已經無計可施。然而事態嚴重，他覺得再這樣下去不太妙。

「居然跟一群騎士科的人私會……這該怎麼說呢……」

「大家應該是覺得好玩，才會跟著亂傳吧。畢竟不管是民眾或貴族，都最愛這種能拿來消遣的八卦了。」

這種說法簡直就像被拿去獻祭的小羊。但這完全是拉菲莉亞自己招致的事態。

「我已經幫不上忙了。不過為什麼騎士科的學生會做這種事？這不是該對一個女性做的

事。」

「這個啊，聽說原因是她在食堂把艾倫小姐的護衛凱當成下人使喚。」

勒貝說完這句話後，不只賈迪爾，在場的所有人都一陣錯愕。

那並非身為凡克萊福特家的人該有的發言。凡克萊福特家是騎士家族，很重視會成為部下的每個騎士。

聽聞他們會同吃一鍋飯，並親切待之，與之平等對話。而且重視實力，更看重本人的努力，是當今罕見的貴族，在人民之間也很有聲望。

賈迪爾瞬間了解騎士科的學生盛怒的理由。

覺得頭開始痛的賈迪爾一邊壓著太陽穴，一邊詢問勒貝：

「……那現在拉菲莉亞人呢？」

「她被淑女科的老師帶走，要她在宿舍接受禁足處分。」

「很恰當。但騎士科的人也應該受罰吧？」

「啊～……他們是穆斯可教官處理的……」

「那還真是……抱歉，我有點同情他們了。」

「這也沒辦法……那位教官真的很可怕……」

勒貝等人大概是領教過穆斯可的懲處，整張臉瞬間刷白。

「這種情況，實在很難想像拉菲莉亞是被敵人陷害，比較像是她自己往陷阱裡跳。」

「是啊，小的有同感。」

「不過雖說受了禁足處分，依舊可以在宿舍內走動。我覺得應該把她關進反省房，然後派幾名護衛看守才對。既然艾倫昏倒了，羅威爾閣下他們應該忙著照顧她，無暇管拉菲莉亞吧。」

「知道了。小的就照您所說，派幾個人過去。」

「麻煩你了。還有，休姆怎麼樣了？」

「這個……聽說他和羅威爾閣下他們一起行動。」

「……嗯？」

賈迪爾覺得事有蹊蹺。

假設休姆是學院長的手下，應該無法和羅威爾一起行動。

羅威爾不會讓有疑慮的人靠近艾倫。

更何況現在艾倫昏倒，卻聽說休姆和凱、凡一起行動。

「這股異樣感是怎麼回事……？」

賈迪爾不禁自言自語，他總覺得自己漏看了什麼。

羅威爾絕對只會把他判斷為自己人的人放在身邊，這代表他認為休姆是自己人嗎？

「……自己人？難道休姆沒有跟學院長勾結嗎？」

「您說什麼？」

勒貝聽見賈迪爾的嘟囔，發出驚訝的聲音。

「沒錯。為什麼我沒注意到呢……追根究柢，如果他跟學院長勾結，陛下和希爾應該會叫我提高警覺，要我小心。而且當初為什麼是休姆陪我一起前往凡克萊福特領呢？」

「……休姆閣下之所以同行，是因為陛下的指示。」

聽到這句話，賈迪爾心中有了肯定的答案。

「我猜休姆可能拿了兩邊的好處。」

「咦……」

「他可能同時將學院長的事報告給陛下和羅威爾閣下了。倘若是由休姆掌握學院長的證據，再報告給陛下和羅威爾閣下……不好了。我們會落後羅威爾閣下！」

這時窗外傳來「叩叩」聲響，彷彿印證了心急的賈迪爾的料想。

所有人集中視線，看到一隻傳信鴿在窗外。

托魯克馬上確認裝在鴿子腳邊的信件，看完後，以嚴肅的表情開口：

「一切如殿下所想。」

「……！」

「後天，陛下和索沃爾的一個部隊會來到學院……」

「是打算趁著活動，逮捕學院長嗎……這代表已經罪證確鑿了吧。」

賈迪爾頓時全身無力，整個人癱在沙發椅背上。

被羅威爾搶得先機，過去的辛勞這下全都化為泡影，也白費希爾給的情報了。
賈迪爾皺著眉，深深嘆了口氣。
替他奔走的護衛們也明白了狀況，屋內飄蕩著沉重的氣氛。
「希爾說得對。從艾倫來到這裡時，我應該就要開始思考原因了。不對，照理說我能再更早發現才對。而且也該思索休姆跟我一起前往凡克萊福特領的意義……」
賈迪爾說完，從沙發上起身，輪流看著三個人。
「各位，最後要來整理情報了。我們要把證據呈給後天前來的陛下。」
「要整理嗎？陛下不會因為他那裡已經有證據而退回嗎？」
「陛下不會做那種事。誰做了什麼事，他都會看在眼裡。我是個還要學習很多事的人。他會把這些當成判斷的要素之一。如有不足，他會提點我。」
「殿下……」
當拉比西耶爾受到艾倫的報復，汀巴爾王都陷入絕境時，賈迪爾表示要和他一起共患難。當時拉比西耶爾看著賈迪爾，是一副父親感到欣慰的表情。
賈迪爾認為那副表情才是自己的父親，也是國王的真面目。
「那麼我們就一臉若無其事地把證據呈給陛下吧。」
「這個主意不錯耶！」
聽了勒貝的話，賈迪爾笑了。

然而之後當賈迪爾得知貝倫杜爾被捕的真正理由，卻不禁錯愕。

當王室知道十四年前的魔物風暴，以及兩百年前王室之人被詛咒的根本原因，全和貝倫杜爾一族有關時，無一不勃然大怒。

同時，他也知道艾倫在找的東西是什麼了。

當賈迪爾明白艾倫的眼界如此寬闊，不禁覺得甘拜下風。

*

為王室打造的專用談話室，如今已經變成讓目前在學的四名王族飲茶、讀書，或是整理文件等自由使用的空間了。

其中年長的賈迪爾這幾天的樣子都不太對勁。拉蘇耶爾和艾米爾紛紛以厭煩的眼神看著已經不知道寫錯多少次的賈迪爾。

「賈迪爾王兄，你到底是怎麼啦？」

見賈迪爾慌亂得與平常不相符，艾米爾憂心忡忡地問道。

他們雖為表兄妹，在城裡卻是一起長大，四人形同兄弟姊妹。

年紀最小的艾米爾都叫他們王兄、王姊，關係非常親密。

「王兄很在意現在來到學院的英雄的女兒啦。」

見希爾不斷竊笑，艾米爾相當驚訝。

「哎呀，賈迪爾王兄真是的……」

「才、才不是！我只是太忙了。希爾，妳怎麼能這麼亂說話？」

拉蘇耶爾冷眼旁觀慌了手腳的賈迪爾，發出「哼」的一聲。

「就是說啊，畢竟艾倫小姐搞不好願意見王兄一面嘛。」

聽到弟弟如此挖苦，賈迪爾只能一臉無奈。

「拉蘇耶爾，我跟你說……」

「反正即使我在場，艾倫小姐也不認識我嘛。是啊是啊，實在讓人羨慕死了。」

「…………不是，我也沒跟她見到面啊。」

「少騙人了。你現在不也會偷偷跟她見面嗎？你不是還炫耀過去凡克萊福特領時見到她了？」

「我才沒有炫耀！」

以前賈迪爾奉陛下命令前往凡克萊福特領時，和艾倫見面聊天的事，讓拉蘇耶爾一直記在心裡。

他們以前總是一起前往凡克萊福特家，也在石碑前一起行動，拉蘇耶爾大概是覺得自己遭到背叛吧。

賈迪爾當初覺得能在任務中巧遇確實很幸運，現在卻如坐針氈般地難受。

「拉蘇耶爾王兄也怪怪的……」

「艾米爾，那是因為拉蘇耶爾也想見艾倫小姐，卻被王兄一個人捷足先登，所以他一直在鬧彆扭。」

希爾還是一直竊笑。不過她似乎說對了，只見拉蘇耶爾說了句：「請王姊閉嘴。」便臭著一張臉。

「不過呢，拉蘇耶爾，現在不能見艾倫小姐喲。」

希爾這話說得理所當然，卻讓拉蘇耶爾整個人定格。他的眼神充滿了「妳怎麼知道這種事」。

「艾倫小姐身體不適，昏倒了。我聽說她暫時回去精靈界。羅威爾大人說，他只想讓艾倫小姐看看明天的精靈儀式，所以停止參觀學院，現在正在照顧她。」

希爾停下刺繡的手，順口說出這條情報。結果拉蘇耶爾急忙站起，把椅子都弄倒了。

艾米爾見拉蘇耶爾如此慌亂，嚇了一跳。希爾卻完全不理他們。

「王王王王姊！您說艾倫小姐生病，這是真的嗎！」

「妳怎麼知道……」

「王兄你果然早就知道這件事了！太狡猾了。為什麼不告訴我啊！」

「你冷靜一點，拉蘇耶爾。只是有人告訴我，說來參觀學院的客人昏倒了。我的確送了

探病禮品，但也沒見到她！」

「探病禮品？王兄你太過分了！我也想選禮品啊！」

「真不知道王兄怎麼這麼擅長激怒拉蘇耶爾。厲害成這樣，已經是一種才能了。」

「你們是怎樣啊！現在都是我不對嗎！」

我也沒見到艾倫啊——儘管賈迪爾惱羞成怒地如此主張，依舊跟拉蘇耶爾展開一場爭論。

看他們這副模樣，感覺無關王族身分，就是一對普通的兄弟。

然而只有艾米爾一個人無法融入他們的圈圈中，被留在外面。

希爾也不管周遭有什麼反應，一針一針慢慢地刺著繡。

「明天會更不知道變成什麼樣子喲，因為有一場更大的活動。」

見希爾如此笑道，賈迪爾以像是吃到什麼苦澀東西的表情瞪著她。

希爾那句話是暗喻「明天事情會鬧得非常大」，也代表她早已知道陛下即將前來的事。

明天陛下和索沃爾的一個部隊會來抓貝倫杜爾。

「雖然已經習以為常了，我依舊搞不懂王姊到底從哪裡聽來這些事。」

「哎呀，這不是每個人都想很在意的事嗎？大家都會為了獲得情報而奔走喔。這點小事，我當然要先統整好。」

希爾是今年就要滿十四歲的公主，擁有王妃親傳的情報收集能力，掌握學院各式各樣的傳聞。

她的能力之高，已經獲得陛下認可，常常像現在這樣嚇死旁人。

艾米爾始終不發一語，聽著兄姊一來一往對話。她面無表情，看不出來在想什麼。

「那……那些都不重要，我不能繼續在這裡蘑菇了。我也要送她一些慰問的禮品！」

「是啊。你也送吧。」

「我都說她回精靈界，人不在這裡了，你是想交給誰呀？」

「那就送去給宅邸嘛！」

「哎呀哎呀。」

希爾看著暴衝的弟弟，感到滑稽地笑了，卻仍拋出另一件讓人在意的事。

「我現在知道你很中意艾倫小姐了……但那個女人沒關係嗎？」

「……女人？」

「你們以前不是常兩個人一起去造訪嗎？就是凡克萊福特家的女人呀。現在在反省房吧？」

「反省房？」

拉蘇耶爾不懂希爾在說些什麼。賈迪爾則是嘆了口氣。

這代表拉菲莉亞已經是常態問題兒了。

「那個笨女人這次又幹嘛了？」

拉蘇耶爾吐出辛辣的言語。賈迪爾聽了，喊了一聲他的名字勸諫。

他們兩人兒時會跟拉菲莉亞互通書信，並一起玩耍。但真正能說感情好的時候，也只有剛開始的第一年。

她蠻橫的行徑日漸嚴重，後來他們慢慢疏遠，變成只通書信。

然而上次的任務後，他們連書信都不來往了。因為她主動向旁人炫耀，說自己和王室之人通信，結果有人利用這點，綁架了她。

賈迪爾他們曾經討論過，說總有一天可能會變成這樣，也曾警告過拉菲莉亞。但她總說自己沒問題，根本聽不進去。

「她明明和艾倫小姐是堂姊妹，兩個人的溫差還真是精彩。聽說她和好幾位男士密會。那女人實在不缺八卦。」

「和好幾位男士密會……？」

賈迪爾知道確切情報，現在私會進化成密會，他只能皺眉感到不解。但一旁的拉蘇耶爾卻問著：「是跟人吵架了嗎？」

這句話讓賈迪爾對拉蘇耶爾的敏銳感到佩服。

雖說時間很短，卻是一起玩耍的玩伴。拉蘇耶爾看清一個人本質的眼光非常銳利。

「那個女人肯定有辦法若無其事地跟一群男人吵架，她是笨蛋嘛。王兄！那不重要，請你陪我選慰問禮品。」

「咦？為什麼？」

「這是你排擠我的懲罰！」

「等一下，我都說我很忙……」

「我不管！」

在拉蘇耶爾的催促之下，賈迪爾也跟著離開談話室。

雖然剛才抱怨了那麼多，拉蘇耶爾畢竟很黏哥哥，總喜歡找理由跟賈迪爾一起行動。

與其說他氣賈迪爾在艾倫這件事上偷跑，不如說是被排除在外，覺得落寞吧。希爾很清楚，因此不斷竊笑。

之後，留在談話室的希爾和艾米爾有好一陣子不再說話。首先打破的人是希爾。

「……妳很在意嗎？」

「什麼事，王姊？」

「放心吧。反正在精靈的詛咒之下，他們也無法靠近。」

希爾一針一針刺繡的手勢很優雅，艾米爾卻覺得相當可怕。

「妳做事也要適可而止喲，否則總有一天會有報應的。」

希爾嘻嘻笑道，讓艾米爾產生了有針扎在身上的錯覺。

第二十四話　驕傲的心

自從艾倫暫時回精靈界，凱便接到在學院待機的命令。

在逮捕學院長前的這兩天，為了替艾倫和羅威爾製造這段時間的不在場證明，他依舊持續送餐點來到這個他們滯留的房間。

餐食包含自己的份，總共五人份。他們也向休姆解釋過，並請他幫忙，和凱、凡三個人一起吃飯。

凡能吃三人份的餐食，實在幫了大忙。

明天是精靈交流的重要日子。羅威爾等人會趁著那天救出大精靈，他卻只命令凱要參加精靈交流。

（跟那時一樣……在重要的時刻，唯獨不讓我參與……）

拉菲莉亞在凡克萊福特領被綁架時，也幾乎沒讓他參與行動。

明明想在艾倫身邊替她出力，他卻深感自己很沒用，被排除在戰力之外。

（要是我……有精靈的力量，就能保護她了。）

現在凱正在騎士科上課。他緊緊握著手中的劍柄。

穆斯可教官的怒號響徹整個訓練場，凱卻是專心致志地空揮手中的劍。

＊

當凱慣例性地在同一個時刻來到房間，卻見到凡一臉不悅地在房內。

「……你怎麼這張臉啊？」

「吾的臉怎樣？」

凡絲毫不隱瞞自己不高興的事實，大剌剌地坐在房間的沙發上。

凱看向早一步來到這裡的休姆，他卻也一臉困惑，聳了聳肩表示自己不知道。

凡那副不悅的模樣，讓凱有種客觀看著剛才在訓練場的自己的感覺。

他不禁錯開視線，表示自己要去拿餐點，就要離開房間。沒想到凡卻開口說出「慢著」，阻止了他。

「怎麼了？」

「平常的量不夠。給吾拿多一點來。」

「……什麼？」

「吾的肚子很餓！」

凡氣得這麼說，凱和休姆卻顯得一頭霧水。

「好，總之我先拿平常的……」

「吾要雙倍！」

「呃……」

六人份……？儘管心存疑惑，凱仍然先點頭答應了。

六人份餐點的量實在太多了。

凱向學院學生餐廳的傭人說要自己配膳，隨即把食物全裝到另一個鍋子裡，準備了凡要的份數。

他接著將餐點放到餐車上搬運。但當握住餐車把手時，他瞬間感覺到一陣疼痛。

「……唔！」

凱不禁看了看自己的手掌。因為他剛才不顧力道，使勁拿劍空揮，磨破了手上的水泡，如今已是一片慘狀。

他很久沒磨出水泡了。因為他的手從小早已習慣握著劍柄，不只皮變厚，甚至形成了厚繭。

發現手傷後，他接著也察覺訓練過度的身體，已經開始肌肉痠痛。

儘管頭腦明白那並非一朝一夕能解決的問題，身體卻老實地訴說著極限。

居然因為焦慮而拿自己的身體出氣，這不是一個騎士該做的事。

為了能隨時回應主人的命令，調整身體狀態也是騎士的任務。

凱嘆了口氣，推著餐車，將食物送往房間。

*

從昨天開始，凱、凡、休姆三個人便一起吃飯。

吃飯時，休姆總會叫出艾許特，一起分享餐點。

當凱詢問是不是要準備艾許特的餐點，休姆卻告訴他，艾許特和艾倫他們一樣，吃不了多少。

艾許特是一隻小兔子，凡則是隻大白虎精靈。

或許是因為身體大，凡的胃口才比較好。但他今天的食量實在很異常。

凡粗魯運用刀叉的聲音響徹整個房間。

艾許特一口一口從休姆手上接過食物的樣子，兩者之間形成強烈對比。

「再來一碗。」

凡對著凱遞出已經清空的盤子，頂著像森林小動物般圓滾滾的臉頰，一邊咀嚼，一邊說著。

那副模樣明明和艾許特有幾分相似，凱卻不明白自己為何要受到如此隨便的對待，因而

心生不滿。

跟同樣身在學院的人相比，他的眼前有大精靈存在。凱毫無疑問比其他人更幸運，那樣的恩澤卻離他很遠。

他總是覺得對方明明可以稍微認可他的本事。

「唉……」

凱比較凡和艾許特的態度，忍不住一邊嘆氣，一邊停下用餐的手，接過凡的盤子。

「……幹嘛？」

「那是我要問的。你到底怎麼了？」

「哼！」

凡鬧著彆扭，接過盤子後，又繼續吃。

見他那樣，凱和休姆只能不解地面面相覷。

『艾許知道喔！』

艾許特突然發出啾啾聲，得意地挺起胸膛。

『這小子被人叫做小不點！』

「噗！」

艾許特這句意外的言詞，讓凡不禁噴飯，就這麼被嗆得不斷咳嗽。

「……小不點？」

凱和休姆異口同聲，卻惹得凡大叫：

「吾才不是小不點！」

『你騙人～艾許我都知道喔！』

「吾沒有騙人！」

凡露齒發出威嚇艾許特的吼聲。凱見到他這樣的態度，不禁笑了。

「你該不會是因為被叫成小不點，才想多吃東西吧？你還不是叫艾許特小不點。」

「……唔！吾才不小！這傢伙才是小不點！」

凡的耳朵和尾巴瞬間彈出來。

眼見此景的人們，都在心裡想著：「不會吧？」

因為凱等人的視線，凡知道自己已經穿幫，不禁反擊。

「如……如果吾是小不點，那你就是小小不點！」

聽到這句話，艾許特整張臉垮下來，大受打擊。

『艾許我才不是小小不點！』

艾許特的腳蹬著桌子，越蹬越用力，似乎是威嚇行為。

他豎起耳朵，呼出大氣，猛烈地發出「噗」的聲響。

「艾許特，你冷靜一點，不能這樣生氣喔。用更有智慧的方式應對吧。」

『呣……艾許要更有智慧！』

艾許特動了動鼻子，接著輕盈地躲進休姆的懷中。

那不禁讓人覺得只不過是落荒而逃。但凡沒有察覺這點，只認為人家是拐著彎罵他沒有智慧而憤怒不已。

「你們兩個！」

「可以請你們吃飯的時候不要吵架嗎？否則我收掉嘍。」

凱厭煩地說著。凡聽了卻豎起耳朵。

「唔……！那可不行。」

瞧凡的尾巴沮喪地垂落，乖乖坐好，休姆不禁噗嗤笑了出來。

「臭小子……！」

「把大精靈大人叫成小不點的是何方神聖啊？」

休姆一邊笑，一邊如此問道。只見凡扳起臭臉，閉上嘴巴。這時休姆懷中的艾許特露出一顆頭開口：

『艾許知道！是這傢伙的媽媽！』

「為什麼你這隻小不點會知道——！」

「啊哈哈哈哈！」

見凡華麗地自爆，休姆再也忍不住大笑。

「艾許特是智慧的機靈，消息靈通得讓人嘖嘖稱奇喔。」

『因為大家都會告訴艾許！』

「你說的大家是誰！」

凡雖怒火中燒，卻忍不住開始找藉口。

「吾還不是……還不是想長大一點……！」

看到凡像是在隱忍什麼，凱和休姆不禁四目相交。

知道身體上的條件是凡的自卑點確實讓人意外。但這並非本人努力就有辦法解決的問題，因此他們雙雙道歉，說自己不該這樣笑他。

「唔……幹嘛突然道歉？」

「嗯～就是感覺該道個歉嘛。來，艾許特也說聲對不起。」

『不要！他說艾許我是小小不點！』

「也對，那你們就算扯平吧。」

「不過你已經很大了吧？畢竟是大精靈啊。」

拿艾許特和凡相比，獸化的凡肯定體格較大。凡的母親竟說這樣的他是小不點，倒讓休姆心生疑惑，不知這位母親是什麼樣的人。這時，艾許特告訴他了。

『這傢伙的媽媽是靈牙的統領喔！』

「靈牙？」

「聽說是精靈界的騎士。」

「是喔！……嗯？統領？」

『這傢伙的媽媽是精靈界最強的！很大喔！很可怕喔！』

「咦……」

休姆忍不住詢問大概有多大，結果凡喃喃表示：「大概是吾的五倍大……」

「什麼？那你被叫小不點也沒辦法啊。」

休姆忍不住道出感想，卻惹得凡張牙舞爪。

「才不會沒辦法！吾會長大！長大之後，把公主殿下迷得神魂顛倒！」

聽見「把公主殿下迷得神魂顛倒」這句話，凱皺緊眉頭。

「喂，你什麼意思？」

「呃……凱，你的口氣是不是變了？」

「這小子一扯上公主殿下，就會變得很麻煩。」

「這不重要。你說把艾倫小姐迷得神魂顛倒是什麼意思？請你解釋。否則我不會給你飯吃。」

凱凶狠地瞪著凡，看得凡和休姆不禁退卻。

「……公主殿下好像喜歡身體比較大的毛茸茸和肉球。」

「啥？毛茸茸和肉球……？」

「吾比母親還要仔細梳整保養耶！總是注重毛皮輕柔飄逸跟香味，睡前一定會替肉球塗護掌膏的！」

瞧凡說得如此不甘心，所有人都愣在原地。

「可惡啊啊啊啊啊！吾一定要長得比！母親！還要大隻！」

凡發出自暴自棄的吼聲，繼續用餐。

看他那副狼吞虎嚥的吃相，凱不禁覺得無奈。

「啊～真是有趣，不管是公主殿下還是你們。凡克萊福特領感覺好像很快樂。」

「很快樂嗎……」

聽休姆那麼說，凱不禁覺得有些複雜。

三人又繼續用餐。儘管剛開始那沉悶的氣氛已經消失，凱的心境依舊很複雜。

他沒想到就連隨侍在艾倫身旁的凡，也會因為地位岌岌可危而奮起。

他不禁想，明明立場不同，凡和自己之間又有什麼不同呢？

「怎麼了？你都沒在吃耶。」

被吃得滿嘴都是的凡這麼一說，凱才發現自己的手已經停下。

「噢，沒有，沒什麼。」

回答完，當凱拿起放在桌上的刀叉，手腕瞬間傳出一陣疼痛。

「唔……」

「喂，怎麼了？」

「沒有，只是在今天的訓練弄傷了。」是因為緊繃的情緒放鬆了嗎？剛才不覺得痛的地方，現在都開始痛起來了。

凱稍微動了動手腕，確認傷勢後，覺得沒什麼問題，想再度拿起刀叉，凡卻抓住他的手。

「咦？」

凡將他的手轉過來，露出傷勢嚴重的掌心。

「哇！你幹嘛忍著啊？既然受傷了，那就說啊！」

休姆立刻起身，想去拿藥來，卻被凱以一句「我沒事」制止。但凡不知怎麼回事，他靠近那隻手掌，接著「呼」地吐出氣息。

「咦？」

一陣輕柔的風拂過手掌，傳來酥癢感。然而下一秒，飽滿泛紅的水泡竟沒了水份，開始萎縮。

「……什……什麼？」

「咦？怎麼了？」

休姆也仔細打量凱的手掌，隨即嚇了一跳。

「哼哼，吾連這種事也辦得到。」

凡一反剛才的態度，得意地說道。正當凱依舊訝異時，凡命令他把另一隻手伸出來。

「動作快。」

「呃……好……」

接著凡再度抓著凱的手，呼出氣息。

凱目不轉睛地盯著平整無傷的掌心，並開口道謝：

「謝謝你……」

「吾很行吧？」

「你會用治癒魔法嗎？」

「不會，這個不是治癒魔法。」

「咦？什麼意思？」

「公主殿下說過，傷口不是結痂了之後才會慢慢癒合嗎？」

「嗯。」

「她教過吾，液體凝固之後的東西就是傷痂，吾只是用風之力去除水分。還是會有點痛，不過會好得快一點。」

「哦！」

仔細一看，水泡的水分已經消失，變成一層薄薄的皮。捏起來只有那層皮會延伸。但是不會痛。凡已經靈巧地連裡面那層皮的水分都去除了。

「公主殿下就是這點眼光和別人不同，有種領先別人好幾步的感覺。」

「……是啊，她是個遙不可及的高貴人士。」

聽見凡說出這句難以捉摸的話語，凱瞪大眼睛。

（就連身為大精靈的凡……也會覺得艾倫小姐遙不可及嗎？）

那麼我有辦法多少靠近她一點嗎——這次是一股不安襲上心頭。

「幹嘛？還有哪裡痛嗎？」

「啊，沒有，我沒事。不痛了。」

凱在內心深處依舊不懂凡為什麼不和自己訂契約。

（原來我在內心深處，驕傲地覺得自己和他是對等的存在……）

連凡都懂得展望，覺得艾倫是遙不可及的存在，凱卻過於自傲，認為自己只比她落後一點。

（我還以為凡是站在艾倫小姐身邊……）

這樣的價值觀被迫攤在眼前，讓他明白了自己的定位。

（難怪不跟我訂契約，因為對凡來說，他並不認為我有那種價值。）

凱凝視著自己的手掌。

他反覆握拳，確認手掌的狀態。此時休姆察覺凡若無其事地盯著這樣的凱看。

『阿休也喜歡大隻一點的嗎？』

「咦？你怎麼突然這麼問？」

艾許特微微歪著頭。

『毛茸茸！』

「我已經很愛你現在的毛茸茸了。屁股也很好摸啊。」

休姆最愛艾許特那身輕柔的毛皮了。

『艾許也喜歡阿休！』

休姆以充滿憐愛的眼神看著湊過來撒嬌的艾許特，摸了摸他的額頭。

接著他發現凡和凱目不轉睛地盯著他。

「……怎麼了嗎？」

「不，沒有。」

「嗯……公主殿下也總說吾是世界第一。這代表母親的毛茸茸和肉球是不同的東西嗎？」

見凡不斷嘟囔並自問自答，凡不禁傻眼。

「你懷疑艾倫小姐說的話嗎？」

「你說什麼！公主殿下說的話無庸置疑！所以吾就是世界第一的毛茸茸和肉球！」

凡不可一世地如此宣稱。

「我想應該是質和量的差別吧？」

「原來如此，還有這種解釋方式啊。」

「大精靈大人，有人說你很單純嗎？」
「你說什麼！」
看凡被休姆捉弄，凱在覺得稀奇的同時，也升起一絲調皮的心。
「你的毛皮和肉球真的下過那麼多苦工保養嗎？」
「那當然！」
「是喔？那跟艾許特會有多大的差別呢？」
「啊，這的確讓人很在意耶～」
休姆這麼說完，艾許特和凡隨即四目相交，雙方迸出四射的火花。
「好啊！你們就盡情享受看看吧！」
（總有一天……我希望他能承認我站在他身邊。）
凱隱藏著這樣的心思，一如往常地捉弄凡。
他抓住獸化的凡的手，開始揉捏。
粉色的肉球軟綿綿的，很好捏。這就是他有精心保養的證據吧。
「哦哦……這真是……」
「真的耶！好香！你都擦什麼啊？」
休姆將臉埋在凡的毛皮裡享受。
『是艾許我的毛皮比較好摸——！』

艾許特一邊用腳蹬著地板，一邊要求凱也要摸摸他。

一幅精靈們和樂融融讓凱和休姆蹭毛皮的畫面就這麼完成，凡和艾許特卻直到最後都沒發現這件事。

第二十五話　救出戲碼

停留在學院的最後一天，這天是學院內一年一度舉行某個大活動的日子。

「與精靈締結契約的儀式」。

一旦滿十四歲，就能測試和精靈的契合度，舉行交流儀式。

在這場盛會如火如荼之時，艾倫和羅威爾將會潛入城堡中心的教堂，往地底前進。

休姆和莉莉安娜已經在凡克萊福特家的宅邸受到保護。

「凡，交給你了。」

「遵命。」

凱不在現場。

雖然配合最後一天所擬的作戰內容已經事前告訴凱了，他們卻以能自己應付為由，把凱排除在外。

羅威爾要他專心參加學院的儀式——一輩子只有一次的儀式。羅威爾笑著告訴凱，那是

不能錯過的盛會。

凱也想跟著羅威爾等人一起行動，但要趁著所有人把目光放在這場儀式時救出精靈，便代表需要一場佯攻。羅威爾這麼告訴他後，他也就允諾了。

「爸爸，你告訴凱了嗎？」

「噢，那件事嗎？我沒說。」

「咦……」

「因為這樣比較有驚喜不是嗎？要騙人首先就要騙自己人喔。」

羅威爾拋了個媚眼，艾倫則是在心裡向凱道歉。

*

休姆從昨晚便不見人影，這讓巴爾法相當焦躁。宅邸的下人也來報告，說莉莉安娜從前天開始就失蹤了。

巴爾法以為是休姆把莉莉安娜藏了起來，但宅邸沒有任何人看過休姆。

而且不只莉莉安娜，那間房裡的東西也全不見了。

巴爾法不認為櫃子和床能在無人察覺的情況下消失，因此他現在一片混亂，不知道到底發生了什麼事。

休姆前天和昨天都因為英雄之女臥床休養，在一旁照料。

他想必沒有時間把莉莉安娜帶出宅邸。況且要是懷疑他做了什麼，進而讓他察覺莉莉安娜怎麼了，便再也無法把他當棋子使喚。

面對這不順心的事態，巴爾法焦躁地咬著手指甲。

「然而為什麼現在連休姆都不見人影啊！」

教師們紛紛向他報告，休姆從昨晚就失蹤了。當他們去詢問羅威爾，休姆是不是在他那裡時，羅威爾卻隔著門，冷冷地回了一句「不知道」。

自從羅威爾的女兒發現學院長室的密室後，羅威爾就始終防備著學院長。

而且今天是一年一度的精靈儀式。當學院長邀請羅威爾一起觀賞，他卻以家裡有人要參加，要在騎士科那邊見證為由，拒絕了學院長。

王室之人被精靈詛咒，從四年前開始，一直是和教師們在遠處觀望儀式。

凡克萊福特家和王室頗有因緣，或許是不想待在王室身邊，所以才迂迴地拒絕吧。

況且現在忙成這樣，根本無暇尋找休姆他們。

雖然已經叫宅邸的下人找了，卻不能讓那些人進入學院，使得搜索行動窒礙難行。

「可惡！可惡啊！」

巴爾法把氣出在桌上的文件和墨水瓶，文件紛紛散落。

事情沒有一件順心，讓學院長煩躁地抓著頭。

只見墨水瓶的瓶蓋受到衝擊脫落，流出的墨水逐漸染黑地板。

*

凱看著興奮等待輪到自己進行儀式的同年級生們，不禁嘆氣。

照理來說，這種時候更應該以護衛的身分陪在艾倫他們身邊，結果他們卻以精靈相關的事情，就由精靈來處理為由，將他排除在護衛之外。

而且為了救出那個精靈，這場活動將會是很好的掩護。被人這麼說，凱也只能接受並遵從。

心中之所以不斷有股疏離感擴散，是因為他是人類嗎？

凡一定以護衛之姿跟在艾倫身邊吧。但他是人類，所以進不了那個圈圈。

（我……明明發誓要守護艾倫小姐了。）

再這樣下去，他永遠派不上用場。如果可以在這場儀式跟精靈締結契約，是不是就能稍微派上用場呢？

凱在輪到自己之前，就這麼不發一語地看著前方。

＊

在一個類似運動場的廣場中央，畫有十個魔法陣。每個魔法陣各有一個人站在中心點，在教師的輔助下，與精靈交流。

這場活動對學院生們而言，是一大盛會，所有人都注目著。畢竟能和精靈交流的人，將會一躍成為明星。

在這所學院之中，不問貴族或平民，只憑所屬學科，便能和精靈交流。

雖說是和精靈交流，卻不保證一定能輕鬆締結契約。不過只有這所學院，和精靈締結契約的機率出奇地高。

國外也有許多人會為了這場跟精靈的交流而過來留學。

在這些人之中，艾倫和羅威爾跟著騎士科的穆斯可教官一起從遠處觀望。

學院長和王室之人在貴賓室裡參觀，羅威爾吩咐艾倫不能靠近那裡。

當儀式開始，艾倫便發現自己能夠看見那些紅色的魔素粒子。

為了補充這龐大的儀式之力，學院長年利用亞克的力量。

「……太過分了。」

艾倫喃喃說道。羅威爾也馬上反應過來，說了句：「妳看得到什麼吧？」便抱起她安

撫。

「亞克哥哥的力量被用在儀式上了……為了補充這麼龐大的力量……」

「原來是這樣啊。」

儀式不斷進行，有些小精靈不時會出現在有反應的場所。每當有了反應，便會聽見旁人的歡呼聲。

精靈被龐大的力量所吸引，因此容易現身。

這簡直就像那段王室將精靈當作人質召喚的駭人過去。

在這所學院，和精靈締結契約的機率很高。只要人們口耳相傳，學院的名聲便會上漲。

儘管人們都說汀巴爾王國沒有精靈加護，依舊有許多人慕名前來留學。

一想到在這場慶典般的活動後面付出的犧牲，艾倫便不禁熱淚盈眶。

「艾倫，是時候了。」

羅威爾輕聲提醒，艾倫這才抬起埋在他肩上的臉。

走向畫在廣場上的其中一個魔法陣的人，是她也很熟悉的面孔。

「……凱。」

「接下來要大鬧一場了。走吧，艾倫。」

「好。」

艾倫粗魯地擦乾淚水，著眼前方。

＊

輪到他了。凱依照指示，站在廣場上其中一個魔法陣中央。

一旁輔助的老師告訴他，要冷靜沉著，祈禱自己的聲音能被精靈聽見。

（祈禱聲音……）

他們會願意傾聽嗎？會願意借助力量嗎？借給他為了保護想保護之人的力量。

魔法陣發出光芒。凱祈禱著精靈務必將力量借給他。

（我想保護那位小姐啊……！）

力量的波動來得又猛又烈，一旁的人開始騷動。

一陣強風吹過，站在凱身邊的教師一一被吹走。

儘管凱也同樣快被吹走，卻仍努力立足於地，留在原地。

到底怎麼了……正當他這麼想而勉強睜開雙眼，只見眼前有一隻偌大的白虎緩緩往他這裡走來。

那是他熟悉的身影。凱不禁瞪大眼睛，不知他怎麼會在這個地方。

『呼喚吾的人……是個小鬼啊？』

一股宛如野獸遠吠的威壓感，讓身體不斷顫抖。引起彷彿全身都感覺得到聲音的錯覺。

凱周遭的光景就像身處於龍捲風的中心地帶。即使四周不斷有風往上捲，卻靜得不可思議。

他明明剛才見過佇立在眼前的野獸，卻搞不清楚事態，腦袋一片混亂。

「……你不是去救精靈了嗎？」

『你不是想要力量嗎？』

「……」

『吾聽到你的聲音了，也聽到你的願望了。』

「那你願意借我嗎？為了保護那位小姐，我需要你的力量。」

『吾等的目的原本就一致。而且……該怎麼說？要是你跟其他精靈締結契約，身邊一直冒出像那個小小不點一樣的傢伙……吾也傷腦筋。』

野獸哼了一聲，讓凱不由得笑出來。

『好了，你想怎麼樣，小鬼？』

「那還用問。把力量借給我！」

『契約成立。吾名大精靈敏特之子——掌管風的大精靈凡！』

野獸一吼，周遭再度捲起狂嵐。

凡發出的光芒從龍捲風的縫隙溢出，照亮周遭。

隨後光芒驅散龍捲風。面對這件學院有史以來的大事，所有人都只是愣在原地看著。

＊

當凡出現在凱面前時，艾倫已經跟羅威爾一起轉移到教堂內部了。

「爸爸，這邊！」

艾倫在教堂中央的走道狂奔。羅威爾急忙喊著：「慢一點！」

這時外頭傳來如雷的歡呼，與羅威爾的聲音重疊在一起。看來佯攻進行得很順利。

祭壇和地面鄰接之處前方，有個些微隆起的地方，不仔細看根本看不出來。地毯下方想必有什麼突起物吧。

只要掀起地毯，就能打開通往地下的入口。但艾倫嫌麻煩，直接利用電子震動，將那一小部分地毯給燒了。

地面露出後，就像夢中一樣，有著一扇裝有鉸鏈的門。

羅威爾看了為之震驚，反射性喃喃唸著：「居然在這種地方……」

艾倫改變鉸鏈的金屬構造排列，鉸鏈就這麼彈飛。

接著她順勢使用魔法，轟飛那扇門。在焦急之下，她沒能好好控制力道，門飛起來後，撞倒了排列在周圍的眾多椅子。

「艾倫！妳冷靜一點！」

羅威爾從未用過這種語氣斥責艾倫，讓她瑟縮了肩膀。

羅威爾對上艾倫滿是淚水的視線，輕聲告訴她：「爸爸會跟妳一起去喔。」

艾倫點點頭，抱住羅威爾。羅威爾就這麼抱著艾倫，慢慢往下，走在陰暗漫長的階梯上。

他們越往下走，那股氣息便越是濃烈。

來到寬廣的空間後，艾倫實在坐立難安，在羅威爾懷裡亂動。

「亞克哥哥！」

她的眼淚不禁湧出。被釘在牆上的亞克面容慘白，已經奄奄一息。

「媽媽！妳快救救亞克哥哥！」

為了不讓亂動的艾倫摔跤，羅威爾拚命向她喊話，無奈艾倫卻聽不進去。她拉開了嗓子，不斷大叫「救救他」。

奧莉珍聽見艾倫的呼喚，隨著一道柔和的光現身，對著艾倫笑道：

「幹得好，艾倫！」

當奧莉珍的手往上舉的瞬間，周圍便充滿了光芒。

鎖鏈應聲彈開。刻有魔法陣的牆壁在照到光的瞬間逐漸崩解。

當精靈從好幾重咒縛當中解脫時，一陣地鳴像波紋一樣傳開。

最後演變成地震，震得地上之人各個倉皇。

＊

在地上的凱等人因為突然其來的地震，驚訝不已。但眾人看凡泰若自然，錯以為是凡的力量引起地震。

『……看來伴攻做得很順利。』

「那麼他們順利……！」

『應該是救出來了吧。吾也要走了。晚一點再會合。』

凡說完便轉移消失。

站在廣場上的只有凱一人。所有人都無法站立，一愣一愣地看著他。

「太……太厲害了——！」

當有個人大叫後，騷動便以此為開端展開。騎士科的同年級生趕來，將凱團團圍住。

「哇，你們……」

凱被眾人的手揉著、拍著，氣氛就這樣感染了眾人，彷彿享受著慶典。

擔任輔助員的教師喜上眉梢，不斷拍手。其中還有一些學生脫下上衣，在頭頂繞著圈圈。

凱也想前往艾倫身邊。但只要他移動，恐怕所有人都會跟上來。

因此他只能繼續忍耐被眾人亂揉。當他察覺凡或許就是料到事情會如此，才逃之夭夭，不禁對他有些埋怨。

王室之人和部分教師見到眼前發生的事，全都不敢置信地啞口無言。

這是學院成立以來的壯舉，想必會銘刻在歷史上。

「那……那就是精靈嗎……我還是第一次看到。」

拉蘇耶爾這聲嘟囔清楚地迴盪著。廣場上已是一陣大騷動，一發不可收拾。以賈迪爾和拉蘇耶爾為首，在場的希爾和艾米爾也是一臉欽羨。

要是沒有精靈的詛咒，他們也會參加那個儀式。

賈迪爾等人心中的悲傷緩緩擴大，與廣場興奮的騷動成反比。

雖說是王室祖先掀起的事端，他們依舊無法捨棄一個念頭：這是一件多麼不可理喻的事。

（要是能像那樣跟精靈同在，就能跟艾倫說話了……）

賈迪爾腦中浮現的是身為精靈的艾倫。雖然跟她聊過幾次，卻只見過她警戒著自己說話的模樣。

一靠近，她就會逃走。她拒絕碰觸自己，接著詛咒失控。

唯一令人高興的是，她曾一臉擔憂地看著賈迪爾受高燒所苦。

賈迪爾總想著，如果沒有和王室之間的爭端，如果沒有精靈的詛咒，那該有多好。

（但我這是在強求沒有的東西……）

他鬱悶地嘆了口氣。

＊

眼前發生的事，讓巴爾法產生一路延續到今早的問題都被吹散的錯覺。

要是現在顯露興奮之情，一定會惹人懷疑，因此巴爾法偷溜出貴賓室。他一來到沒有人煙的場所，便止不住想大笑的衝動。

「呵呵……呵哈哈哈哈……！」

他的祖先留下了一樣名為「精靈奇蹟」的遺產。

有個施加在這所學院城堡內的法術，能提高和精靈交流的助力，以及魔法的潛力。

當一所學院擁有極高與精靈締結契約的機率，就會有許多外國留學生。

今天發生的事，想必會是提升學院名氣的絕佳話題。這或許會被當成學院的功績，讓他獲得升爵的機會。周邊諸國也將給予更多關注。巴爾法已經止不住笑意。

但下一秒，後方傳出一人緩慢的拍手聲，彷彿要蓋過那道異樣的笑聲。

那拍手聲不知為何，有種支配耳朵的威壓。巴爾法忍不住回過頭，只見後頭不知何時站

著身上披有黑色斗篷的王室直屬近衛兵們，以及統帥王國騎士團的團長等人，此外陛下就站在這些人的中心。

「……陛……下！」

巴爾法顯露出驚愕與慌亂。明明在沒有人的地方大笑，沒想到這些精銳們卻消除氣息，一直看著他。

眼前是整排的盔甲。那印有國徽、代表位階最高的紅色斗篷，有著即使此身浴血，也要守護國王的寓意。

國王則是白色斗篷。紅色也帶有要捨身保護那副易被染色的身軀，是只有擔任團長的索沃爾才允許使用的顏色。

面對國王突然登場，巴爾法急忙行臣下之禮。

拉比西耶爾揮揮手，要他不用拘謹，並笑道：

「這算是繼羅威爾之後誕生的英雄嗎？真是一大幸事。」

陛下是來參觀精靈儀式的嗎——內心冷汗直流的巴爾法頓時因為直撲而來的恐懼而陷入混亂。

他不知道陛下為什麼會出現在這裡，也不知道他是什麼時候來的。他瞄了身旁的人一眼，想確認應該沒人事前通知此事，只見他們也同樣一臉訝異。

讓凡克萊福特家的女孩入學，好問出藥的做法——這樣的企圖讓巴爾法自覺內心有鬼，

開始心慌。

「巴爾法，我有話要說。跟我來。」

面對陛下如此強硬的態度，巴爾法也只能低頭順從。

走在陛下斜後方的騎士團長索沃爾不知為何，一直瞪著他。

巴爾法就這樣被騎士們包圍，帶離現場。

留下的人對這突如其來的事態，無一不愣在原地。

＊

「亞克哥哥！」

艾倫伸手想接住緩緩摔落地面的亞克，卻被羅威爾阻止了。

只見奧莉珍在亞克摔落地面之前，穩穩地抱住他。接著精靈們一一現身，包圍著他們。

為了防止亞克的力量失控，以奧絲圖為首的靈牙們圍住四周。生命之列本和治療之庫立倫從奧莉珍手上接過亞克，開始著手治療那副傷痕累累的身體。

沒有馬上帶回精靈界而是當場治療，代表情況就是如此緊急。

因為這場精靈儀式，亞克過度消耗了精力，奧莉珍一定是認為再這樣下去很危險。

艾倫抬頭看著羅威爾，表示自己想前往眾人身邊。羅威爾於是以「要過去可以，但不能妨礙治療」為前提，允許她過去。

奧莉珍讓亞克靠在自己的腿上，摸著他的頭髮，接著對艾倫招手。艾倫也跑過去。

「多虧艾倫，這孩子才能得救。謝謝妳。」

奧莉珍的微笑讓艾倫再度湧出淚水，但這次是開心的淚水。確實拯救到人的實感從內心湧現，緊緊揪著她的胸口。

「太好了……！」

當艾倫頻頻用雙手擦拭停不下來的眼淚，奧莉珍直接將她摟在懷裡。她就這麼和奧莉珍看著緊閉眼睛的亞克。

艾倫想起亞克被鎖鏈拘束的模樣，那和王室詛咒讓她見識到的景象非常相似。精靈求救的聲音在耳邊縈繞，揮之不去。

奧莉珍說過，艾倫無法拯救精靈墮落的靈魂。她雖然明白，卻將亞克的模樣和求救的精靈重疊，忍不住想做些什麼。

所有的一切都重疊在艾倫眼前。但她擦了擦眼淚，認為自己不能再這樣了。

「亞克哥哥……」

她輕輕撫摸亞克的臉頰。亞克及時得到治療，蒼白的臉色逐漸恢復血色。

希望他能睜開眼睛——艾倫不禁想藉此確認他平安無事。

「……唔……」

就在這個剛好到讓人幾乎誤會艾倫的心意與之相通的時機，亞克的眼瞼動了。

亞克的眼睛開啟一條縫，看見圍在自己身邊的精靈們。

「女……神……？」

「貪睡鬼……真是的，我找你找了很久喔。」

奧莉珍也落下淚珠。艾倫更是泣不成聲。

「小小的……女神……妳又在哭了……」

亞克抬起手來，替艾倫擦了擦淚水。

艾倫見狀，抓著亞克的胸膛，嚎啕大哭。

亞克緩緩起身，張開雙手抱緊艾倫，然後輕聲說：「別用這麼為難人的表情哭了。」

「亞克，聽說你救了我的女兒。謝謝你了。」

「……女……兒？」

「是呀。我和羅威爾結婚了喲。」

奧莉珍笑著喚來羅威爾。羅威爾也開口道謝，感謝他救了艾倫。

「……結……婚？」

「這個嚎啕大哭的孩子是我和羅威爾的女兒喲。是不是很可愛？她為了救你，連命都豁出去了喲。」

奧莉珍滿臉笑容，羅威爾卻是一陣苦笑。因此他催促他們是否要回精靈界一趟，畢竟在

這裡不好說話。

「女神……小小的……女神……」

亞克捧著艾倫淚流不止的雙頰，然後在額頭落下一吻。

艾倫在震驚之中，眼淚戛然停止。羅威爾則是在後頭張大了嘴巴。

艾倫噙著眼眶的淚水，直盯著亞克。只見亞克滿足地笑道：

「我們……結婚。我小小的……女神。」

他的這句話頓時讓在場眾人瞠目結舌。

艾倫瞪大眼睛，接著反射性地大叫：

「出局————！」

艾倫的眼淚一口氣消停，開始喋喋不休對著亞克說教。

「聽好了，以系統分門別類，我和亞克哥哥你幾乎算是兄妹！所以我們不能結婚！」

「……為什麼？」

歪頭這麼問的亞克還真有點可愛。

但艾倫搖了搖頭，告訴自己不行。要是不好好矯正，亞克將無法平安回到精靈界。主要原因就是羅威爾。

「快——放——手——！」

這時靈牙們死命地安撫、壓制羅威爾。

「不准接近我的艾倫——！」

見羅威爾勃然大怒，艾倫只能嘆氣。奧莉珍和奧絲圖卻捧肚大笑。

「奧絲圖大人！請您來阻止羅威爾大人！」

「我才不要。很好玩耶。」

部下的靈牙們請求奧絲圖幫忙，她卻以好玩為由，決定從頭到尾旁觀。

（這是什麼狀況……）

「我才不會把女兒嫁給你——！」

羅威爾的吼聲響徹整個空間。

「亞克哥哥是我的哥哥啦！」

「哥哥？我是哥哥？」

「沒錯！我是你妹妹！」

「這樣啊……」

「就是這樣！」

「那等小小的女神長大，我們就結婚吧。」

「我就說我是妹妹了！出局(out)啦！」

「出局（out）？」

宛如兩條平行線的對話就這麼一發不可收拾。

奧莉珍笑得眼淚都流出來了，羅威爾憤怒的表情也有夠可怕，讓艾倫完全不知該如何是好。

但精靈們知道周遭的氣氛已經從悲傷一口氣變成喜悅，全都滿意地笑了。

這個時候，精靈們感覺到某個氣息，於是緊盯著這個空間的入口前方——也就是階梯瞧。

精靈們頓時升起一股緊張感。他們知道這股氣息。為什麼他會在這裡呢？

「……陛下。」

艾倫反射性喃喃道出走下階梯的人是何許人物，拉比西耶爾也看著他們笑了。

四周的精靈察覺陛下身上的詛咒，各個釋放出殺氣。拉比西耶爾身後的近衛們察覺殺氣，也同時握住劍柄。

在一觸即發的氣氛下，索沃爾和拉比西耶爾往前走，並要近衛們退下。

眼見此景，奧莉珍嘆了口氣，對四周的大精靈們說：

「你們幾個，把亞克帶回去吧。」

「但是女王陛下……！」

「沒關係。我本來就想跟人類的王聊一回了。」

奧莉珍嘻嘻笑道，輕輕飄到羅威爾身旁，並挽著他的手，就這麼看向拉比西耶爾。

「這樣好嗎，女王？」

「沒問題。謝謝妳。不用擔心。」

聽了奧莉珍的話後，奧絲圖頷首，以統領之姿命令大精靈們：

「大夥兒，回去了！」

儘管大精靈們瞪著拉比西耶爾，卻仍以亞克為優先。

現在亞克已經脫離危險期。既然已經恢復到這個地步，便能先回精靈界，再繼續治療。

艾倫也離開亞克，來到羅威爾身旁。她站在奧莉珍的另一側，與拉比西耶爾對峙。

精靈們利用轉移離開後，拉比西耶爾緩緩開口：

「真沒想到我竟有目睹這麼多大精靈的一天。」

「因為您和精靈無緣，覺得很稀奇嗎？」

羅威爾一拋出挖苦，拉比西耶爾便苦笑道：

「我在外面看到有學生跟精靈締結契約了。那是你身邊的人吧？……一想到要是沒有詛咒，我們也有機會締結契約，總覺得有點落寞。」

「是喔？」

見羅威爾態度如此冷淡，可以感覺到近衛們相當不快。索沃爾只能對眼前的既視感大嘆

一口氣，並命令近衛和士兵們退下。

「話說回來，我應該已經布下結界了……」

「哎呀，對不起，我剛才把結界轟掉了～」

奧莉珍從旁笑著截斷羅威爾的話。

為了不讓別人進來攪局，羅威爾才會布下結界。但這麼一來，連其他精靈們也進不來，所以奧莉珍情急之下轟掉了結界。

「……」

看奧莉珍笑得那麼燦爛，羅威爾大概是無言以對，因而嘆了一口氣。

此時，一名從後方出現的人見了現場的狀況，大叫出聲：

「不在！我們家的精靈竟然不在！」

在這空空如也的空間內，被拘束的亞克已經不在。

下一秒，學院長瞧見羅威爾和艾倫，在不解他們為何會在這裡的同時，更顫抖起來。

看來是察覺到艾倫他們解放了亞克。對此，羅威爾以辛辣的言語回答：「你們家抓到的精靈就還給我們了。」

「你說什麼！你知道那個精靈對這所學院有多重要嗎！」

「你才是什麼都不懂。就是因為你們抓住那個精靈，這塊土地才會發生魔物風暴。」

羅威爾這句話引起拉比西耶爾的反應。當他詢問羅威爾詳情，奧莉珍代替他開口解釋：

「那孩子是循環世界之力的精靈喲。如果力量停滯，淤積在一個地點，就會對動物產生影響，然後導致扭曲。」

「導致扭曲……？」

「扭曲就是魔物風暴。因為你奪走了那孩子的力量，才會引發悲劇。」

「什……」

眾人首次見到拉比西耶爾訝異的神情。但他下一秒馬上恢復面無表情，俯視著學院長。

學院長見到那副表情，臉色一口氣刷白，發出哀號。他雙腳發軟，爬在地上企圖逃走。

此時索沃爾瞬間拔劍，刺入學院長眼前的地板，制止他的行動。

被突如其來刺進眼前地板的劍擋住去路而插翅難飛的學院長，再次哀號出聲。

無處可逃的他頂著蒼白的臉色，大叫他不知情。

「我根本不知道！這個精靈是祖先發現的！我什麼都不知道！」

「說什麼鬼話？你那張嘴剛才不是還在大吼大叫嗎？說什麼『被抓的精靈對這所學院有多重要』、『我們家的精靈不在』之類的。」

「……呃！」

羅威爾的話語讓學院長的臉色變得更慘白，看樣子是戳到痛處了。

「你們竟敢玩弄我的孩子長達三百年之久。該拿你怎麼辦呢……」

奧莉珍將手放在下巴，歪著頭衡量。她的表情並非盛怒，但也沒有在笑。

感覺就像要丟掉一個苦於不知怎麼處理的玩具。

該怎麼丟掉才好呢——那句話聽起來就像這個意思。

奧莉珍飄浮在羅威爾身旁，所以一看就知道她是精靈。

此外，奧莉珍所說的話令學院長驚愕不已。她說了——「我的孩子」。

「妳是母親……？怎麼可能……難道……！」

光是身為孩子的亞克，就擁有帶來難以估計的恩惠的力量。正因如此，看見身為母親的奧莉珍，學院長的臉已然因驚愕而扭曲。那樣強大的精靈，現在正看著學院長，思索著該如何處置他。

「慢著，精靈女王。」

拉比西耶爾宛如要截斷眼前的狀況，開口叫住奧莉珍。奧莉珍聽了，妖豔地笑著回問：

「怎麼啦？」

拉比西耶爾見到那副笑容，也回以同樣的微笑。

「我不能把那男人交給妳。他對我國而言，是很重要的男人。」

「……哎呀。」

學院長的臉因為拉比西耶爾這句話，又驚又喜地扭曲。他以為拉比西耶爾要救他，因此爬到拉比西耶爾的腳邊求饒。

但拉比西耶爾無視他，只是看著奧莉珍，拋出宛如宣判死刑的無情話語：

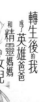

「這個男人通敵賣國，我一定要他全盤托出。畢竟妳的女兒也因此被盯上了。」

聽了陛下的話，奧莉珍眨了眨眼。

她一邊「哎呀哎呀」地說著，一邊目不轉睛地盯著拉比西耶爾。

「你以為搬出我的女兒，我就會同意嗎？你們人類對我們而言，根本是無足輕重的存在。」

奧莉珍以從未有過的低沉嗓音說著。她說的話令周遭的人們感到顫慄。

但聽了奧莉珍那句挑釁拉比西耶爾的話，讓艾倫有些沮喪。

站在精靈的角度來看，人類確實是無足輕重的存在。可是她繼承了人類的血脈。也有身為人類活過的前世記憶。

身為精靈，人類在統治一切之人的眼裡，的確是渺小的存在。

艾倫偷瞄了羅威爾一眼，奧莉珍說的話對他並沒有影響，因為他知道那只是單純的挑釁。

艾倫自知內心的話都寫在臉上，忍不住躲到羅威爾身後。

當她把頭藏進羅威爾腰間，察覺此舉的羅威爾拍了拍她的頭，輕輕說了聲「沒事的」。

眾人被呵呵笑道的奧莉珍挑釁，臉色都變了。但拉比西耶爾舉起手制止，並繼續說：

「對妳來說，我們確實是無能為力的渺小存在。但這男人的祖先引發的後果，對你們來說也很出乎意料吧？……至少就像那時發生的慘劇。」

拉比西耶爾這句話讓奧莉珍頓了一下，然後陷入沉默。

羅威爾和艾倫也有了反應——唉，陛下果然是腹黑。

他發現了。被他發現了。

「…………」

當艾倫抬頭，一臉擔憂地看著渾身發抖的奧莉珍，只見她突然大叫「艾倫～！」接著抱緊她。

「媽媽已經盡力了，但還是不會對付這個腹黑啦～！」

奧莉珍這聲大叫讓艾倫定格在原地。想當然耳，陛下皺緊眉頭，重複奧莉珍剛才說的話：「腹黑……？是在說我嗎？」

「媽媽！噓——！」

「我試著學妳的做法，結果還是不行啦～怎麼辦～～……」

見奧莉珍開始沮喪，艾倫嘆了口氣。

一想到這就是統治世界的女王，艾倫就覺得頭痛。

她這個時候才想起，奧莉珍以前說過想拿火球丟艾齊兒。說不定奧莉珍的個性其實非常直腸子。

艾倫從羅威爾身後緩緩現身，拉比西耶爾看了笑道：

「好久不見了，艾倫。對了，羅威爾跟我提過妳的請求了。但是抱歉，我只想得到折衷

的辦法。」

「好久不見，陛下。您別說折衷了，我早就知道您會選擇如此，所以沒有問題。感謝您願意完成我的請求。」

艾倫行了淑女之禮並微笑道。拉比西耶爾也笑著回答：「是嗎？」

現場氣氛一瞬間改變，變得比剛才更柔和。但近衛們察覺羅威爾和索沃爾的臉色有些蒼白，不禁覺得困惑。

至於奧莉珍甚至握緊拳頭聲援，嘴裡喊著：「艾倫，加油！」

學院長也搞不清楚事態，驚恐地看著他們。

艾倫做好覺悟，對著學院長拋出這席話：

「學院長先生，讓我們來對個答案，看事情為什麼會變成這樣吧。」

艾倫這句話讓學院長眨了眨眼。

「你想知道我的藥的製法，所以企圖以強硬的方式安排我入學。」

「什……」

「你不知道吧？其實藥的製法，連陛下都不清楚。」

「妳說什麼……」

「你搶在陛下前頭，利用休姆，企圖從我口中問出藥的製法。聽到我這麼說，你明白陛下為何會出現了嗎？」

「難道說！那小子……！」

「抱歉，打斷你的誤會了，休姆他什麼都沒說。是我覺得情況可疑，如此推理罷了。」

「推理？」

「沒錯。因為你的行動全都可疑至極。」

艾倫所說的話讓學院長的嘴不斷開闔，腦袋似乎一片混亂，不知道該說什麼才好。拉比西耶爾見到他那副模樣，只是笑著。

「多虧艾倫，我才能得知他的企圖。艾倫，我很感謝妳。」

「哪裡，陛下。畢竟我方也有事相求，只是順口向您報告一聲，請別放在心上。」

「這樣啊。」

見陛下不斷呵呵笑著，學院長一臉絕望。他似乎總算明白自己企圖獨占藥的製法的企圖已然暴露。

「而且你們一族還利用精靈犯罪，這代價可難以估計。」

「沒想到魔物風暴的原因居然是這一族搞的鬼啊……」

「他不是貴國的貴族嗎？」

「噢……的確是。」

拉比西耶爾完全不反駁，反而點頭承認的態度令人備感蹊蹺。這讓艾倫不得不思索，他為何會如此順從？

「……那麼關於這個男人該何去何從……」

「這件事我實在不能讓步。艾倫，妳也懂吧。這傢伙的所作所為等於允許他國入侵，會危害我國。」

「是啊。陛下已經把手牌亮出來了嘛。」

「看來先亮出來是對的。」

「那麼我要求接管這男人一族所有的魔法道具，以及相關紀錄。」

「沒問題。想拿就拿吧。」

「您……您在說什麼啊，陛下！」

「怎麼？我只是說要把你們一族的研究紀錄全交給艾倫啊。」

「而我則將懲治你以及你們一族的權利交給陛下。」

艾倫和陛下一搭一唱，讓學院長完全愣住。

接著，艾倫再度望向陛下。這件事可不能忘了。

「還有一件事，陛下。」

「嗯？還有嗎？」

「我要拿走此人一族與精靈相關的記憶。」

艾倫這句話讓陛下睜大眼睛，他很訝異原來還能做到這種事。

「請全部交給我。而我則將搗毀這男人的權利讓給陛下。」

「沒問題。我會好好搞垮給妳看。」

見拉比西耶爾儘管一臉驚訝，卻依舊立即回答的模樣，艾倫終於忍無可忍。

她忍不住以不解的眼神看著拉比西耶爾，並且往後退。看到艾倫態度如此，拉比西耶爾露出有些傷心的表情。

「……妳怎麼啦，艾倫？」

「啊……沒有……我……」

羅威爾見艾倫閃爍其詞，直截了當地說：

「艾倫，我覺得妳就直說，說陛下太老實了，讓妳很想吐比較好喔。」

「……爸爸你太直接了。」

面對艾倫和羅威爾一來一往的對話，拉比西耶爾大概有著自覺，只能面露苦笑。

因此他老實回答：「畢竟我現在不是能拜託她的立場嘛。」

「而且我覺得不該再重演那種事了。」

正因為知道被詛咒的原委，才會說出這句話。同時也代表要是一直不知情，他便會以強硬的態度堅持主張。

知道這場交涉能如此順利，是因為拉比西耶爾的心境產生變化，艾倫有些驚訝。

但這場交涉充其量只有口頭約定，並無任何保證。

當艾倫苦思該怎麼辦時，拉比西耶爾似乎早已察覺。

陛下將手放在胸前，接著低頭致意。近衛們見狀，全發出驚呼，叫著：「陛下！」

因為一國之主卑躬屈膝，等同宣示敗北。

「我在此向女王以及女王之寶艾倫立誓，我必定遵守與精靈的約定，同時也會以本國之力，保護艾倫和羅威爾。」

旁人聽見這席話，都驚愕地瞪大眼睛。奧莉珍開心地發出「哎呀哎呀」的聲音，這也是她接受這場談判的證明。

「……家母似乎接受了。」

「這樣啊。謝謝。」

「不過詛咒歸詛咒喔。」

「艾倫妳果然不好對付。」

艾倫和拉比西耶爾迅速達成共識。陛下最後這麼說道：

「話說回來，腹黑指的是我嗎？」

拉比西耶爾以陰暗的笑容這麼說，看來他果然沒忘記這件事。

＊

希望各位想像一下，當陛下知道「腹黑」是什麼意思時的表情。

「哦？」

艾倫很想將那副看似陰森的邪笑歸咎於雙方的身高差，對方卻是真的由上俯視著她。即使如此，艾倫依舊下定決心，開口確認對方的意願。

「陛下。」

「什麼事？」

「我以後就用腹黑先生叫你喔！」

「……艾倫，妳這是單純的知會吧？」

「對不起，我先斬後奏。」

「……妳這樣等於告訴我，妳以前都是這麼叫我的喔。」

「哇，糟糕。」

「有夠假。」

拉比西耶爾果然是腹黑。沒有被她牽著走，就這麼同意這個稱呼，讓艾倫不禁有些氣餒。

拉比西耶爾嘻嘻笑著，看起來是真的很開心。這時，始終在一旁默默守候艾倫的羅威爾開口道出疑問：

「欸，艾倫。我有一個疑問。」

「什麼事？」

「兩百年前，王室不是間接利用亞克引發慘劇嗎？當時的王室不知道亞克的存在嗎？」

「我想應該不知道。」

「……為什麼妳敢肯定？」

「因為那場慘劇發生了。」

「嗯？」

「如果王室知道亞克哥哥的存在，就不會找媽媽，而會直接請求身為大精靈的亞克哥哥幫忙對吧？這樣速度最快，也最不費工夫。」

「噢，對耶……」

「只要解釋一下來龍去脈，亞克哥哥馬上就會知道因為他被抓，使得循環停滯。以亞克哥哥的能力，應該可以輕鬆解決魔物風暴。」

學院長的祖先發現亞克後，重複做了許多實驗。儘管王都陷入魔物風暴的危機之中，卻依舊隱瞞亞克的存在，只向上報告利用亞克得到的實驗結果。

同時可以推測，那樣一場大規模的魔法實測，其實也是一場應用實驗。

他們反過來利用王室替人民著想而採取的行動，只追求自己的私利私慾，利用了王室。

「也就是說，這一切都是貝倫杜爾家造成的……」

靜靜聽著他們說話的索沃爾，以冰冷的眼神看著學院長。

一旦知道王室被詛咒的緣由全和這個家族有關，也難怪悶在內心的情感會流洩出來了。

企圖逃走的學院長被近衛抓住，綁上繩子後扔在地上。

一邊顫抖，一邊聽著討論的他，驚慌失措地大叫：

「這是欲加之罪！再說了，我怎麼可能會知道兩百年前的事！」

「只要看過你們家族的爵位紀錄，應該就會知道了吧？」

他卻因為艾倫這句話整個人定格。原本還在思考之中的拉比西耶爾馬上得出答案。

「原來如此……發表了大規模魔法後，理應會被視為功績，爵位也能夠晉升。越是為了拯救人民的法術，就越會受到賞識。」

他點了點頭，表示他會去調查。

話說到這裡，艾倫吐出一口大氣。

她一連好幾天都處在必須拯救亞克的緊張之中，現在或許是放鬆了緊繃的弦吧。不知是不是因為前天發燒臥床，她總覺得身體意外地不在狀況內，甚至會稍微搖晃不穩。

羅威爾大概是注意到了，摸了摸艾倫的頭。艾倫也不反抗，任由羅威爾撫摸。這時被近衛架起身體的學院長瞪著他們大叫：

「妳這個臭小鬼！什麼推理啊！要不是被妳發現，就不會變成這樣！妳知道擔心妳臥病在床的休姆也會受到這種對待嗎！」

看來他是明白全族都會被治罪了吧。

學院長以充血的雙眼咯咯笑著，表示跟著艾倫並帶她參觀學院的休姆也會受到這種對待。

只見艾倫歪著頭，一頭霧水地回答：

「你們一族中可沒有叫做休姆的人喔。」

艾倫這句話令學院長覺得滑稽至極，持續笑著說：「妳不知道嗎？他可是我的孩子啊！」

拉比西耶爾見學院長如此，困惑之下忍不住插嘴：

「為什麼巴爾法不知道？……羅威爾，你有把文件交給他嗎？」

「啊。」

經拉比西耶爾這麼一問，羅威爾才慚愧地表示他忘了。拉比西耶爾聽了，也只能說句「受不了」並嘆氣。

反正一定是在拖時間吧——他早就看穿羅威爾的行動了。

「索沃爾。」

「大哥，你為什麼要把陛下的文件交給我，像是在叫我解釋一樣？」

「因為很麻煩。」

「……………真是的。」

索沃爾無奈地蹲在學院長面前，打開手上的信。

「你和莉莉安娜小姐並未結婚。教會的手續未照正規程序，因此無效。莉莉安娜小姐和休姆閣下的名字和你不同……然而無論如何，他本來就不是你的孩子。」

「什……」

見學院長張著大嘴愣在原地，拉比西耶爾發出竊笑。

「我最喜歡忠於工作又才華洋溢的人了，所以一直很關注休姆。」

拉比西耶爾這麼說著，近衛們也挺起胸膛，似乎感到很驕傲。

「休姆身上沒有流著你們一族的血真是萬幸。」

拉比西耶爾這一句話讓學院長搞懂了一切，肩頭因此失落地往下垂。

近衛們就這麼將學院長帶出去。

如此一來便結束了吧。

艾倫這麼想著，只見拉比西耶爾轉頭望著她笑了。

她因此察覺了，拉比西耶爾雖然對學院長冷酷，然而看著自己時，表情卻顯得非常開心。

同時，她也發現拉比西耶爾會那麼開心的原因了。

那讓艾倫下意識往後退，和拉比西耶爾保持距離。

「……為什麼要躲？」

「只是結果如此，我並沒有……」

「噢，妳已經發現了嗎？那我真是做了一件可惜的事。但這是事實，不是嗎？」

「……」

「艾倫，他是什麼意思？」

艾倫斜眼看著不解的奧莉珍，為了讓大家明白，她開始解釋。同時這也是她不願看到的結果。

「我並未擁護陛下。只是……結果剛好如此而已……」

艾倫否定王室和學院長之間有任何勾結。這一切全是學院長獨斷之事。她證明了這點。

但以精靈方來說，或許不希望看到這個結果。因為如此一來，等於釐清了受到詛咒的王室跟抓走亞克的萬惡根源無關。

「王室對精靈的所作所為並沒有改變。就算現在有理由辯解——……」

說到這裡，艾倫總覺得事有蹊蹺。

她立刻切換思緒，開始回顧這件事的緣由始末。

見艾倫突然沉默不語，所有人都問著：「怎麼了？」

（……難道說……）

拉比西耶爾從未說過想解開詛咒，一句都沒說。

心中有了猜測後，艾倫看向拉比西耶爾。

見艾倫那副難以置信的表情，拉比西耶爾是一陣訝異。接著開口：「妳已經發現了啊？」

「為什麼……為什麼！」

為什麼不說「希望解除詛咒」？艾倫的腦中只閃過這個念頭。

接著她察覺了答案。

怎麼會這樣呢？

「怎麼會……」

「艾倫妳果然很聰明……不，應該說妳太聰明了。」

拉比西耶爾苦笑，艾倫則是搖著頭。

艾倫不知道該說什麼才好，腦袋一片混亂。

「不能放在身邊，倒是有些寂寞。」

拉比西耶爾似乎是想起凱和凡締結契約的光景了。他抬頭仰望地面，這麼笑道，隨後跟著近衛們走上階梯離去。

＊

等拉比西耶爾他們的身影完全消失，室內便只剩艾倫等人了。

但艾倫在短時間內仍舊呆愣在原地，接著漸漸因害怕而發抖，最後全身冒出雞皮疙瘩。

她忍不住撲進羅威爾懷裡，讓眾人憂心忡忡地看著他們。

「艾倫，妳怎麼啦？妳最後好像跟腹黑說了什麼……」

「媽媽……」

見艾倫淚眼汪汪，羅威爾一臉吃驚。他催促艾倫快說說到底發生了什麼事，她這才開口：

「陛下他完全沒有想解除詛咒。」

「……啊？」

雙方幾乎同時開口。羅威爾似乎完全沒想到艾倫會突然提起這件事。

「媽媽，詛咒對陛下沒有任何意義，根本無法讓他引以為戒。」

「……妳怎麼知道？」

「媽媽，精靈的詛咒對我們來說形同毒藥。我們會被拉進那個詛咒，難保不會失常。」

「是啊，沒錯。」

「陛下現在反過來當成武器了。如果王室的人進入一群精靈魔法師之中，結果會怎樣？」

話說到這個地步，羅威爾也一臉驚愕。

「精靈們會逃走……」

「王室的詛咒將會化為解除精靈魔法的武器。所以陛下一點都不想解除詛咒。」

艾倫徹底了解陛下有多腹黑了。無論陷入何種困境，拉比西耶爾都會反過來當成武器。

奧莉珍聽了，忍不住大叫：「所以我就說我不會對付腹黑啦～」

艾倫等人嘆了口氣，表示他們都累了，決定踏上歸途。

第二十六話　艾莉雅的真相

一口氣放鬆了緊繃的心情，加上在最後關頭跟陛下對峙，使得疲勞來到最高峰。

艾倫一回到精靈界便發燒臥床。羅威爾擔心她，片刻不離地一直守在身邊照顧。

她原本就才剛勉強過自己，因此實在無法避免搞成這樣。

「艾倫，妳還好嗎？」

羅威爾每隔一個小時就會開口確認她的身體狀況，艾倫已經死了一半的心，躺在床上看著他。只見他的背後出現了鬼鬼祟祟窺伺的人影。

亞克和凡倫偷偷摸摸地窺探艾倫的狀況，他們的表情都顯得很擔心。

艾倫見到他們後，揮手說著自己沒事，讓凡看了心花怒放地笑了。亞克則是內斂地笑著。

但下一秒，他們兩人便被羅威爾發現，接著房門「砰」的一聲關了起來。

「受不了，真是一刻都不能大意。」

亞克說出那句勁爆的發言後，羅威爾就一直防著他。

亞克接受治療，已經恢復精神。他的個性活潑到跟奧莉珍之前所說的大相逕庭。

根據奧莉珍所言，他似乎是太久沒恢復自由，現在很興奮。

剛才他似乎是覺得只要跟著身為護衛的凡，或許就能見到艾倫。

亞克總會用盡各種手段前來見艾倫。如今凡也被掃到颱風尾，一起被趕了出去，一想到他可能沮喪地垂著耳朵和尾巴，艾倫不禁覺得他很可憐。

「爸爸……你太過火了。」

「才沒有這回事。我撲滅想從我身邊奪走艾倫的害蟲，很理所當然吧？」

羅威爾以爽朗的笑容說出驚悚的發言，讓艾倫聽了只能嘆息。

面對染指艾倫和奧莉珍的傢伙，羅威爾都不會放過。

例如想把艾倫交給王室的艾伯特。

例如愛慕羅威爾，後來自私地想把羅威爾從艾倫他們身邊搶走的艾齊兒，甚至連有那麼一點徵兆的艾莉雅也是。

倘若有人想搶走羅威爾，艾倫母女至少會應個酬。但只要看著羅威爾，就會知道他做得非常徹底，徹底到令人訝異。

「艾倫妳不用嫁人啦。應該說，妳要當我的新娘也可以喔。」

「…………嗯？」

羅威爾這話讓艾倫聽得相當不解。

她看著羅威爾，心想那到底是什麼意思。沒想到羅威爾卻以期待的眼神看著她，只是一

直笑著。

（……這個難道是……）

「我長大之後……」

話都還沒說完，羅威爾便睜著閃閃發光的眼神，等待後續，肩膀則是不斷上下擺動，一刻都靜不下來。

「不會當爸爸的新娘。」

當艾倫斬釘截鐵地這麼說後，羅威爾的肩頭整個往下垂。

艾倫猜得沒錯。這果然是在希望小女兒開口的話語排行榜中，榜上有名的「我長大後要當爸爸的新娘」。

艾倫以冰冷的眼神看著羅威爾，心想怎麼又是這種浪漫時，羅威爾嘆道：

「太奇怪了……給女兒的浪漫卻被女兒本人敲個粉碎……」

「我覺得看看現實比較重要。」

「我不要。」

羅威爾立即回答，並抱緊艾倫，不斷重複說著「我不要我不要」，同時磨蹭著艾倫。

只見艾倫瞇起眼睛，絲毫不隱藏覺得羅威爾很煩的態度，就這麼乖乖地任他擺布。

這時候，奧莉珍突然出現在房裡，艾倫和羅威爾都有些驚訝。

「艾倫，還在發燒嗎？」

奧莉珍輕輕將手放在艾倫的額頭上，隨即感覺到一股溫和的體溫。

「看來已經沒事了。」

奧莉珍滿意地笑著。艾倫就像獲得許可一樣，打算下床，卻被羅威爾緊緊抓住。

「還不行！」

「我不要！我一直躺著，已經躺膩了！」

艾倫鬧著脾氣，表示自己只是要拿書來看，羅威爾卻苦笑說著讓他去拿。

「親愛的，書我去拿就好了，你去索沃爾那邊吧。」

艾倫和羅威爾因為奧莉珍這句話而定格在原地。不過羅威爾馬上開口，認真詢問發生了什麼事。

「與其說『發生』，應該是『惹出』吧。那個小笨蛋做的事的確不容小覷，不過這次惹事的是她女兒喲，所以索沃爾才會忍無可忍發飆了。」

那個索沃爾竟會發飆——這件事實太過令人震驚，羅威爾和艾倫只能面面相覷。

*

索沃爾看著學院捎來的信上寫著「請派人接回」，不禁一個頭兩個大。

信上詳細寫著拉菲莉亞的行為問題。

上頭不只寫著過去在學院引發的問題，還有報出家名、鄙視他人、排擠他人等行徑。

索沃爾在極度疲憊之下嘆了口氣，羅倫於是遞出茶杯，請他喝茶。

但索沃爾根本無意喝茶，只是一直嘆氣。

寫有拉菲莉亞行為問題的信件旁堆著一疊文件，那些都是關於艾莉雅的報告。索沃爾看了兩頁，失落地說：

「到此為止了嗎……」

「老爺……」

「拉菲莉亞沒有身為貴族的自覺。她本人也沒那個意願，所以不聽教誨……這本來就跟她的性子不合。」

索沃爾基於自己的任性，將她們兩人帶來這個家，帶進貴族的世界。他以為她們將會永遠扶持著他。

然而貴族這個身分卻讓她們癲狂。

索沃爾只能嘆氣。

「索沃爾。」

羅威爾突然從空中出現，索沃爾嚇了一跳。

「大哥，你怎麼來了？」

艾倫現在應該正發燒臥病在床。

擔心孩子的羅威爾之前明明放話要照顧艾倫，短時間內不會過來，現在卻突然現身，索沃爾和羅倫都是一陣驚訝。

「奧莉很擔心你。」

「大嫂……？」

「別憋在心裡。發生什麼事了？」

索沃爾的大嫂是女神，和雙女神也是姊妹。她大概全都知道了。

為了解釋來龍去脈，索沃爾首先遞出關於拉菲莉亞的報告。

羅威爾看著看著，眉間的皺摺也就越卡越多，最後變成一臉莫名其妙的表情，這麼詢問索沃爾：

「為什麼你的女兒會想要凱？」

「……應該是因為凱和精靈締結契約了吧，所以才想要。」

事情的開端發生在拉菲莉亞和騎士科的學生起衝突，被關進反省房時。

當天好巧不巧，正好是跟精靈交流的日子，是所有學院生喧騰的日子。

在這樣的日子裡，拉菲莉亞卻獨自被關在反省房裡，根本不知道外頭發生了什麼事。

然而一被放出來，她卻聽聞自家的傭人成功跟大精靈締結契約，鬧得沸沸揚揚。

拉菲莉亞想去詢問本人，看看到底是怎麼回事，因此前往被騎士科學生包圍的凱身邊，然後不可一世地說了：

「你跟著我吧，我會幫你跟父親說的。跟艾倫比起來，我才是公爵家的繼承人，這樣比較光榮吧？」

拉菲莉亞一直看不慣只有艾倫擁有護衛。

之前被騎士科的學生那麼一說，拉菲莉亞認為已經看清自己的立場。但經年累月持續的囂張跋扈，讓她養成了習慣。

她反射性地說了愛面子的言詞，儘管後悔自己在說些什麼，卻已經覆水難收。

拉菲莉亞的態度簡直就像把凱當成飾品，一旁的騎士科學院生們聽了不禁勃然大怒。

羅威爾和索沃爾也搖了搖頭，只覺得無藥可救。

「這樣看來已經不行了。」

「是的，所以我正在進行退學手續。」

拉菲莉亞是淑女科的學生。被關進反省房出來後馬上又挑起爭端，如此一來，受到禁足在家的處分也不奇怪。

然而淑女科的禁足在家處分，其實等同退學，代表拉菲莉亞已經被烙下並非淑女的烙印。

「所以呢？你打算怎麼辦？」

「……把她跟母親一起送回市井。」

「跟母親一起？」

索沃爾又將另一疊紙遞給羅威爾。

那是詳實記述著艾莉雅至今做過哪些事的報告。羅威爾看了之後，不禁盛怒。

「大哥！請你等等！」

「這女人果然跟艾齊兒沒兩樣！竟然背著你做這種……！」

羅威爾大叫著要馬上把她趕出這個家，羅倫和索沃爾急急忙忙阻止他。

「我都知道！所以我會和艾莉雅離婚！」

索沃爾這聲大叫，讓羅威爾停止了動作。

「……你是說真的吧？」

「是的，我已經無法信任艾莉雅了。我想艾莉雅也希望如此吧。我打算讓拉菲莉亞同席，一起談這件事。」

見索沃爾下定決心，羅威爾卻有些愧疚。

「……起因是我嗎？」

「不，她只是拿碰巧在場的你，當成自己不貞的理由罷了。我以為我能原諒她忘了我就在旁邊，卻依舊想討好你的態度。」

「……」

「她那個時候說大家即將成為一家人，所以想跟你打好關係，但她前前後後就只對大哥你展現那種態度。而且還老是以身體不適為由，不願學習貴族教育，即使我回到家也不上門迎接。但看過報告後，我總算知道她為什麼不出來迎接我回家了……她就是這種女人。」

「索沃爾……」

「女神大概早就知道那個女人的本性了吧，所以才降下警告。但那個女人連警告都能忽視。」

「……這樣啊。」

「難過歸難過，但我也被女兒討厭了。拉菲莉亞應該會想跟著媽媽走吧……」

索沃爾其實愛著女兒。

只有這件事，羅威爾非常清楚，於是他抓著索沃爾的肩膀。

索沃爾說，他會在拉菲莉亞回家那天做個了斷。

為了鼓勵他，羅威爾表示家人都會陪在他身邊。索沃爾因此開心地笑說：「那還真是可靠。」

艾倫從羅威爾口中聽說整件事的來龍去脈後，整個人驚訝不已。

拉菲莉亞已經夠離譜了，艾莉雅到底又在私底下幹些什麼啊？索沃爾平時忙於經營領地，所以她會代替索沃爾，與伊莎貝拉、羅倫一起管理整個家。但據說因此被人察覺家中有不自然的支出。

伊莎貝拉整理好報告後，這麼說服索沃爾：「離婚吧。」

羅威爾所說的事情和那份報告的內容一樣。雖說是從姊姊那邊聽來的，奧莉珍仍然把艾莉雅的所作所為詳細說了出來，結果使得羅威爾的怒氣更加猛烈。

「奧莉，妳晚一點可以把這件事告訴索沃爾嗎？」

「……這樣好嗎？他不會更灰心喪志嗎？」

「不會，沒問題的。他都說他不傷心了。既然這樣，我希望他能徹底毀了這段感情，最好是毀到不會出現『復合』這個天真詞語的程度。」

「哎呀哎呀。」

奧莉珍眨了眨眼，對羅威爾會氣成這樣感到吃驚。

而艾倫聽了艾莉雅的行徑後也非常生氣。奧莉珍原本是對著羅威爾闡述整件事，現在卻注意到在底下默默聽著他們談話的艾倫表情大變，臉色一片鐵青

「呃……艾倫……？」

「艾倫……？」

羅威爾見奧莉珍臉色發白，在吃驚之中也看到艾倫的表情，於是跟著泛白。

「艾、艾倫！慢著慢著慢著！」

羅威爾慌慌張張地抱起艾倫，奧莉珍則是雙手捧住她的臉頰，希望能揉垮那張面容。

「…………」

然而不管怎麼揉，艾倫的表情都沒有變化。

艾倫雙眼發直，以低沉的嗓音說：「看我毀了她。」

「什麼？艾倫！不能用物理手段毀掉喔！」

「艾艾艾艾倫！交給爸爸吧！好嗎！」

「我不要。我也要在場。」

艾倫以堅定的眼神看著雙親，讓他們都頂著一張蒼白的臉嘆氣。

羅威爾甚至向索沃爾道了聲歉。

「那個小笨蛋惹到女神中最不能惹的孩子了……」

詢問拉菲莉亞回到宅邸的日子後，艾倫下定決心，一定要徹底一刀兩斷。

*

當拉菲莉亞回到宅邸，她馬上發現宅邸內的氣氛非常緊繃。

她自己犯下的各種愚行已經不可能修復了。

當教師邊嘆氣邊叫她回家禁足時，她什麼都說不出口。

她明明只想表達凱當自己的護衛比較有利，為什麼非得被眾人那般指責？拉菲莉亞依舊無法理解，認為那些人根本不必發那麼大的火。

加上艾米爾說的話始終在腦裡揮之不去。

『明明不願學貴族的規範，卻厚著臉皮自稱貴族，這就是妳。』

（貴族的規範……）

那是索沃爾和家庭教師一直想教她的事。但艾莉雅說了，她們是公爵家的人，所以不學那種規範也沒關係。她們的身分太高，沒有人可以罵她們。

（說到身分的話，艾米爾是王族……是可以教訓我的立場。所以她才會一直針對我嗎？）

周遭的人無法斥責公爵家的女兒，所以才會拜託身分較高的艾米爾嗎？

（這樣的話，艾米爾她……）

或許是因為被眾人拜託，才會針對自己。拉菲莉亞總算知道把目光放在周遭的人身上。

但她馬上開口嘆氣，覺得想些已經沒用了。

稍早教師要她待在自己的房間，等待接她的人來到學院，同時要她整理所有行李。

不久後，她發現幾名傭人來到房間，將她房內的私物全搬了出去。

「為什麼要把東西全搬走……？」

只要回家禁足這個懲罰結束，她還會回來這裡，為什麼要搬？當她這麼提問時，傭人看著她，簡潔地回答：「請您問老爺。」

因此她心有不甘地坐上馬車，回到宅邸，沒想到宅邸的氣氛糟到根本待不下去。

她很懷疑自己惹出的事，真的有必要受到如此斥責嗎？不服的拉菲莉亞在反省之前，內

心已經先充滿叛逆之心。

在門口迎接她的羅倫表示，老爺在起居室等她，要她快點過去。拉菲莉亞心不甘情不願地照做，只見雙親已經在起居室等著她。但她馬上發現他們兩人很不對勁。

「……我回來了。」

「坐下。我有話要說。」

索沃爾的怒氣清晰可見，拉菲莉亞有些膽怯地坐在艾莉雅旁邊。

「妳有自覺自己在學院幹了什麼好事嗎？」

索沃爾單刀直入切入主題，這讓拉菲莉亞不太高興。

「因為……凱比起當艾倫的護衛，跟著我比較有好處吧？我只是這麼說而已啊。」

索沃爾聽了這話，用力朝著茶几捶下去。

她們兩人從沒見過如此暴力的樣子，不禁抖動雙肩。

「我應該在妳們來到這個家時說過了。何謂騎士、我們家族是什麼樣的家系，還有在宅邸工作的傭人並非傭人。」

索沃爾說完，她們兩人也跟著回想。這麼一提，當時他似乎的確說過什麼話，可是因為環境改變，彷彿顛覆過往的生活，讓她們完全忘了這回事。

「妳侮辱了騎士，貶低了守護這個家的人們的驕傲。妳們的行動全都會報告到我這裡來。這個家的傭人、女僕、總管全都是騎士，也是我的下屬！」

索沃爾說的話讓她們一陣訝異，似乎終於想起她們對女僕們做過什麼了。

見她們兩人的臉色漸漸蒼白，索沃爾知道她們總算搞懂了，因此拋出這句話：

「如今這塊領地因為諸多因素而受到各方矚目。就像之前拉菲莉亞被綁架那樣，妳們已經被人盯上，處境很危險。」

索沃爾接下來說的話，讓艾莉雅的臉色瞬間刷白。

「所以我偷偷指派了護衛給妳們。明明是出自擔心才安排的護衛……結果他們都報告了什麼事？艾莉雅，妳應該心裡有數吧？」

「……媽媽？」

艾莉雅臉色泛白，不斷發抖。儘管拉菲莉亞擔心地詢問她怎麼了，她卻彷彿沒有聽見。

「還有拉菲莉亞，妳沒有當貴族的資格。」

拉菲莉亞聽見索沃爾這句話，整個人僵在原地。

「……什麼？」

「聽說妳在學院到處宣揚自己是公爵家的人是吧？我還以為妳在那場綁架事件後就學乖了，看樣子根本沒學會教訓。」

「因為……！不就是這樣嗎！我不就是爸爸你的孩子嗎！」

「……是啊。但妳能理解那會對他人造成什麼影響嗎？」

「什麼意思？」

「妳那是在對眾人施壓，告訴眾人妳的身分尊貴，要禮遇妳。」

「我才沒有那樣！」

「妳有。一旦妳的態度如此，便不會有人親近妳。學院裡確實幾乎都是貴族子弟，騎士科中卻有很多平民。尤其我們家會和騎士來往，他們一定會把妳的態度解釋為施壓，最後產生不滿。然後當成對妳、對這個家的評價……妳在學院已經詆毀家名了。」

所以騎士科的學生們才會對她惡言相向——拉菲莉亞這下總算理解了。

在變成貴族前，她在城鎮上明明有很多朋友，為什麼成了貴族後，卻一個朋友也交不到呢？她一直覺得很奇怪。

她大概能理解為什麼貴族會瞧不起她，卻真的不懂怎麼會連平民也看不起她。

就算現在明白自己在不知不覺間向人施壓了，然而她本人根本沒那個意思，因此心中只有不滿。

「我已經讓妳退學了。接下來會安排妳們回市井。」

「爸、爸爸！」

拉菲莉亞很驚訝，不知道怎麼會弄到要回市井。索沃爾卻繼續以冰冷的語氣開口：

「我會和艾莉雅離婚。」

這句話讓艾莉雅慌了手腳。面對大叫著「為什麼！」的艾莉雅，索沃爾拋出接下來這些話：

「妳問我為什麼？這是我想問的問題。從婚前就背叛我的人，現在還質問我為什麼？妳自己應該最清楚吧？」

「……媽媽？背叛是什麼意思……？」

說到此處，拉菲莉亞就像想起什麼似的，直瞪著索沃爾。

「背叛媽媽的人是爸爸你吧！」

「……妳說什麼？」

「自從媽媽來到這個家之後，大家都好冷淡！媽媽一直為此難過！既然這樣，不就是爸爸害的嗎！」

拉菲莉亞所說的話令索沃爾打從心底感到不解，反問著：「妳在說什麼？」

就在這個時候，外頭傳來敲門聲。羅倫在門外對索沃爾說：「小的把人帶到了。」

「好，進來吧。」

索沃爾同意之後，進入室內的人是堂姊妹夫妻和祖母。

就在拉菲莉亞不解他們怎麼會來這裡的時候，艾倫首先走了過來。拉菲莉亞見狀，怒氣更旺盛了。

妳到底要幹嘛啊——拉菲莉亞如此大吼。艾倫卻面無表情地開口：

「艾莉雅嬸嬸，我應該已經給過忠告了。但沒想到妳不僅利用爸爸，連索沃爾叔叔都……」

艾倫看都不看拉菲莉亞，直接對著艾莉雅說道：

「我要毀了妳。」

艾倫此話一出，艾莉雅便發出恐懼的尖叫。艾倫這副從未展現過的模樣，瞬間就將拉菲莉亞吞沒。

她全身起了雞皮疙瘩。雖然不知道原因為何，但眼前這名表情漸漸消失的嬌小孩子，竟讓她覺得可怕得不得了。那讓人大驚失色，身體也不斷顫抖。

感覺就像惹火了絕對不能惹的對象一樣。

她並不知道那就叫「畏懼」，不過索沃爾等人也有相同的感覺，只見周遭的大人們臉色已經發青。

「抱歉，索沃爾……事情變成這樣，已經阻止不了艾倫了……」

索沃爾聽見羅威爾這麼說，差點發出窩囊的叫聲。

艾倫以前曾向對拉菲莉亞下手的王室進行報復。

其結果已經足夠讓羅威爾他們臉色發青。這樣的艾倫，現在卻比那時更加憤怒。所有人臉色的發青的理由就在這裡。

「呃，艾倫……算爸爸拜託妳，就算要毀，也不能用物理手段喔。不然領地會被妳轟掉。」

羅威爾這句話令索沃爾等人的臉色更慘白了。

儘管不會訴諸物理手段，艾倫卻非常想徹底毀了艾莉雅。而箇中理由，完全是因為艾莉雅「企圖奪取索沃爾的性命」。

「你們的聲音都傳到走廊上了。拉菲莉亞，妳說是叔叔背叛妳們，這是什麼意思？」

艾倫突然向拉菲莉亞拋出疑問，讓她驚訝地瞪大了眼睛。

但她依舊不敵艾倫異樣的態度，一邊顫抖著身體，一邊老實回答：

「因、因為……爸爸說媽媽背叛他了。可是先背叛的人是爸爸啊。媽媽她一直很傷心。」

「一直很傷心？嬸嬸有告訴妳，她被背叛了嗎？」

「咦……？」

「如果嬸嬸說她被背叛，那叔叔他做了什麼？」

「……才不只爸爸。這間宅邸的人都一樣！大家都無視媽媽！」

「那是什麼時候的事？」

「妳還問……我們來的時候就這樣了！」

「…………」

意思是，自從艾莉雅來到這幢宅邸，就遭到冷落了嗎？若是如此，那艾倫知道宅邸的人為什麼會這麼對待她。

「艾莉雅嬸嬸，請妳告訴拉菲莉亞真相如何？說說妳之所以被宅邸的人忽視的理由。」

「妳是什麼意思！」

「拉菲莉亞，嬸嬸在來到這個家之前，就已經背叛過叔叔了。」

「……什麼？」

「宅邸的人對這點非常氣憤。這個家以前有個人也做過類似的事，結果被宅邸裡的所有人討厭。而嬸嬸現在正在重演那些事。」

「……被討厭的人？妳是說……艾米爾的媽媽？」

「她叫做艾齊兒喔。」

因為艾倫這麼說，拉菲莉亞似乎想起來了。想起雙親在自己年幼時，有個很煩惱的存在。

「那……又跟媽媽有什麼關係？」

「婚禮會在女神面前立誓。妳還記得嗎？叔叔和嬸嬸的婚禮。」

話題突然跳到婚禮，讓拉菲莉亞相當吃驚。她記得那場婚禮，因此她一邊點頭，一邊闡述艾莉雅當天穿著非常美麗的衣服，看起來很有自信。艾倫看著拉菲莉亞回答，又繼續說：

「婚禮要立誓，承諾自己會和身旁的人一起扶持向前。可是嬸嬸根本無意和叔叔扶持向前，所以才會被女神警告，要她好好看著叔叔。」

「被女神……警告？媽媽嗎？」

「對。我們當時很氣嬸嬸，質問她是不是根本不愛叔叔。」

「媽媽……？」

拉菲莉亞難以置信地看著艾莉雅，艾莉雅卻大叫：「才不是！」

「我都說我沒有那個意思了啊！為什麼你們總要翻那件舊帳，一直忽略我……！」

「就……就是啊！媽媽她沒有錯！」

「沒有錯……？」

艾倫這聲低沉的嗓音令拉菲莉亞和艾莉雅為之顫抖。她面無表情地回答：

「如果叔叔在婚禮時，一直盯著妳母親以外的女人看，拉菲莉亞，妳作何感想？」

「呃……什麼啊？好噁心。」

「嬸嬸，拉菲莉亞說噁心喔。」

因為艾倫這句話，拉菲莉亞似乎明白了真意。

她開口叫著「媽媽……？」眼中卻充滿了難以置信。

「拉菲莉亞，嬸嬸是不是這麼跟妳說的？『我沒有錯』、『我只是想跟未來的家人打好關係』。」

「妳怎麼知道……？」

「妳聽了這些話後，產生叔叔薄待嬸嬸的錯覺，所以才會用那種叛逆的態度對叔叔吧？」

索沃爾聽完艾倫這麼說，訝異地瞪大眼睛。

原來拉菲莉亞誤會自己欺凌母親，才會想用叛逆的態度反抗。

「真沒想到……所以妳才會完全不聽我說的話嗎……？」

見索沃爾苦惱的樣子，拉菲莉亞露出愧疚的表情。

倘若孩子真的認定如此，那能採取的行動也確實有限。

「而且……媽媽她說沒關係……因為我們是公爵家，不用特地念書也沒差……」

「艾莉雅！」

「不、不是！我沒說這種話！」

「咦……媽媽，妳不是這麼說的嗎？妳說既然我們是公爵家，就沒人可以罵我們，不學也沒關係。所以我才……」

「妳少胡扯！我什麼都沒說！」

艾莉雅這些話讓拉菲莉亞大受打擊。她錯愕地看著母親的模樣，就像訴說著自己遭到背叛一樣。

「別再遷怒到拉菲莉亞身上了。正是因為相信妳的話，才會害得她在學院被排擠啊！」

索沃爾說完，艾莉雅也忍無可忍地大叫：

「為什麼！為什麼你不肯相信我說的話！」

「看過這個，誰還能信？」

索沃爾將一疊文件隨意攤在茶几上。艾莉雅只看了其中一張紙，臉色便明顯發青。

伊莎貝拉從後頭緩緩往前，站在索沃爾身後說道：

「妳隨便花了這個家的錢了吧？還有人告訴我，家裡的用品不見了。居然隨便變賣家產，妳到底在做什麼？」

艾莉雅不停顫抖。伊莎貝拉繼續說道：

「妳說大家會成為一家人，所以想打好關係。那妳平日又做了些什麼？既不上門迎接丈夫，也不接受身為夫人的教育……妳想打好關係的人，其實只有羅威爾吧？」

伊莎貝拉這句話，讓拉菲莉亞恍然大悟。

「媽媽她……？這怎麼可能……」

這個年紀的女孩子都很早熟。正因處於會熱絡談論戀愛話題的年紀，才更清楚明白箇中含意。

「我們早就對那些拿了妳的錢的男人有所防備。妳知道他們受妳所託，企圖幹什麼勾當嗎？」

「胡說！我沒拜託他們任何事！」

「哎呀，妳不否認自己有拿錢給他們啊？不過真是遺憾，我們家的人都非常優秀，他們清楚聽到妳說的話了。而且也替我們討回妳為了跟男人私奔而動用的錢了。」

艾莉雅直瞪著不斷拋出辛辣言語的伊莎貝拉，卻一句話也不說。

「妳害怕女神定罪，所以想殺了索沃爾。妳的覺悟很了不起。」

面對伊莎貝拉在盛怒之下的言語，拉菲莉亞難以置信地嘟囔：

「媽媽……？這不是真的吧……？妳怎麼會想殺死爸爸……」

「我不是說了，我不記得自己有拜託他們做這種事！」

見艾莉雅態度大變地吼叫，拉菲莉亞瑟縮了身體。

她企圖殺害父親。就算父親責罵自己，她也不曾出言袒護，只會說自己沒有錯，然後全面否定拉菲莉亞說的話。

拉菲莉亞不斷顫抖，她覺得艾莉雅看待索沃爾的眼神很可怕。她這樣的心思全寫在臉上，艾莉雅看了，連拉菲莉亞都能狠心怒瞪。那讓拉菲莉亞不禁遠離艾莉雅。

索沃爾見狀，急忙抓住拉菲莉亞的手，將她護在身後。

拉菲莉亞受到父親庇護，一愣一愣地看著近在眼前的背影。

在這樣的情況下，一臉悠哉的奧莉珍開口了：

「真是的～我們都那樣給妳忠告了，居然還是不聽。姊姊們就是知道事情會變成這樣，才特地下警告，對我們說出實情的耶。」

因為奧莉珍這席話，艾莉雅似乎回想起來了，回想起雙女神的警告。

她臉色發青，腦袋一片混亂。奧莉珍看了，露出嫣然一笑。

「姊姊都看在眼裡喲。妳做了些什麼，又在想些什麼，她全都知道。」

「什……什麼啊……」

艾莉雅慌了手腳，奧莉珍依舊笑著說：

「妳跟索沃爾舉辦婚禮時，同時和四個男人有關係吧？」

「什……」

眾人訝異地張著口。但奧莉珍不管他們，繼續說：

「妳假裝煩惱著和索沃爾之間的關係，好讓人安慰妳。不過其中有兩個人聽說妳結婚後，覺得遭到背叛，已經拋棄妳了對吧？另外兩個人和妳的關係依舊，不過其中一個人想不開，向妳提議要殺了索沃爾。這麼一來，就不會被定罪。妳只是利用這點。」

「什麼！不是只有兩個人嗎？」

索沃爾發出大吼，奧莉珍於是道了歉。

「這是羅威爾說的呀，我要全部抖出來～」

奧莉珍把責任推給羅威爾，開始爆料，索沃爾等人卻啞口無言。

想想也是。畢竟艾莉雅瞞著索沃爾接近其他男人，利用他們的同情心獲得慰藉。

接著宛如要補充缺少的男人，她在宅邸見到羅威爾，為之心動，於是向羅威爾示好。

結果沒能得逞，反遭到眾人撻伐，她因而利用這點，扮演一個可憐的女人。

最符合她的角色，就是在新家遭到冷落的女人。她還拖女兒下水，藉此提高可信度。

然而依舊不如料想。凡克萊福特家的信用比想像中還要好。

而事情的真相，其實是聽了艾莉雅訴苦的對象對其深信不疑，企圖殺了索沃爾。

為了將雙女神的誓言儀式作廢，免於被定罪，殺死伴侶是人們常常使用的手段。

正因如此，拉比西耶爾得知索沃爾再婚的消息後，才會尋找可乘之機出席婚禮，以衡量艾莉雅的品行。

至於索沃爾和艾齊兒調停當時，則要審議是誰先出軌才能評判。

婚後畢竟索沃爾也和艾莉雅發生關係，原以為他們是就此扯平，但女神其實洞察了一切，她衡量罪責輕重，定罪天秤傾斜的那一方。

「妳這個女人實在……」

索沃爾這聲呢喃已經超越怒氣，有更多無奈和悲傷。

現在不只艾倫生氣，室內已然充滿怒氣。

一切都穿幫的艾莉雅低著頭，不再言語。

「媽……媽媽……？」

拉菲莉亞茫然地哭泣著。艾倫將她拉到自己身邊。

儘管兩人身高完全不同，但拉菲莉亞注意到艾倫後，忍不住抓著她大哭。

艾倫搓著拉菲莉亞的背，輕聲告訴她「沒事的」之後，拉菲莉亞便緊緊抱住艾倫。

不顧羅威爾他們的心情，自己想怎麼對待男人就怎麼對待的態度，令艾倫怒不可遏。

她更無法原諒艾莉雅只為了博取眾人同情，於是利用拉菲莉亞。

「嬸嬸，請妳覺悟吧。」

艾倫的怒氣促使空氣產生震動，能量互相摩擦。

四周開始迸出火花，羅威爾和奧莉珍急忙介入阻止。

「艾倫！不能用物理手段啦！」

「艾倫～！妳會把宅邸轟飛，所以不行喲～！」

艾倫在雙親的擁抱下，拚命努力壓抑自己的感情。

就近看著的拉菲莉亞依舊流著淚，愣在原地。

「……這算……什麼……」

見拉菲莉亞一臉茫然，索沃爾急忙來到她身邊，抱緊了她。

拉菲莉亞訝異地望著索沃爾。

雙方發現這點，彼此注視著。隨後，拉菲莉亞潸然淚下。

「爸……爸爸……我……我很……抱歉……」

「……沒關係，已經夠了，沒關係了。爸爸對不起妳……」

索沃爾和拉菲莉亞憐惜地互擁。

一直都想如此擁抱的心情滿溢而出。拉菲莉亞的淚水就像潰堤一樣，不斷往下流。

這時突然傳出一道猛烈的叫喊，宛如要蓋過拉菲莉亞的哭聲，響徹室內。

「為什麼連拉菲莉亞都要背叛我？妳不信我說的話嗎！」

「……妳口口聲聲要人相信妳，但妳的行動要如何讓人信服？就連現在，妳還不是懼怕女神定罪，不敢把手套拿下來嗎？」

「我……我這是……」

「女神定罪的證據仍未消失對吧？即使被女神定罪，我依舊想去相信妳……是妳沒有回應我的信任。」

「……唔！」

「妳踐踏了我的信任……而且早在妳被定罪之前，就一直踐踏著我。」

索沃爾自嘲般地輕笑。艾莉雅則是不甘地咬著嘴唇。

這時候，伊莎貝拉跳出來幫腔：

「艾莉雅，把手套拿下來。」

伊莎貝拉的這句話理所應當。既然要人相信自己，就要拿出證據。艾莉雅聽了，激動地大叫：「我不要！」

「來人！」

伊莎貝拉拍響手掌，三名穿著女僕裝的女性便來抓住艾莉雅，並拿下她的手套。她們的動作非常俐落。果然是騎士。

艾倫本來靜靜地觀望事態，此時卻感覺到奧莉珍發出解開法術的氣息。從前她替艾莉雅施術，讓人看不見定罪的痕跡，現在大概是解開了。艾倫偷偷瞥了奧莉珍一眼，奧莉珍也拋了個媚眼回應。

女僕們完全不讓艾莉雅有抵抗之機，迅速摘下手套，只見她的手上清楚印著宛如荊棘纏繞的印子，一直延伸到上臂，而且變得像汙泥那般漆黑。

指尖、指甲也染得一片漆黑，見到那詭異的模樣，拉菲莉亞和伊莎貝拉都發出尖叫。

艾莉雅環抱著自己的手臂，企圖隱藏。但那印子擴散的程度和色彩，反而證明了艾莉雅的背叛。

「索沃爾明明那麼相信妳！」

伊莎貝拉氣得流淚。

「如果你愛著我，那就要相信我啊！相信女神定罪這種東西，才真的是瘋了！」

「妳……」

「不就是這樣嗎！你比起相信眼前的我，更相信女神這種區區的信仰！不然你說說，女神到底在哪裡？」

聽見艾莉雅的主張，讓奧莉珍忍不住開始大笑。

眾人不解地望著奧莉珍。對知道奧莉珍真實身分的人來說，艾莉雅完全是在女神的面前做了大不敬的發言。

「真是的，不就在妳眼前嗎？」

見奧莉珍竊笑，艾莉雅不服輸地挑釁：「妳是想說妳的美貌堪比女神嗎？」艾莉雅如此嘲笑著，漸漸醞釀出現場異樣的氣氛。

「我在這個世界被稱作萬物之母。將妳定罪的人是我的姊姊喲。」

奧莉珍解放她一直隱藏的女神波動。

她飄浮在半空中，發出光芒。艾莉雅見狀，不禁一臉呆滯。

奧莉珍維持飄浮的姿態，充滿愛意地摟住羅威爾的頭。

「如果妳想對我的羅威爾出手，我可不會饒妳。索沃爾也是一樣，因為他是羅威爾重要的家人。妳已經惹到掌管這個世界的女神們嘍。」

在場所有人看見奧莉珍不斷竊笑，無一不跪在地上。

陸續有人被奧莉珍的力量懾服，雙膝跪地，同時盜著汗。

見四周所有人的臉色逐漸蒼白，艾倫叫了聲「媽媽」。

「給周圍帶來影響了。」

「哎呀，討厭啦。真對不起喲。」

奧莉珍呵呵笑道，周遭的氣氛瞬間驟變。奧莉珍一邊浮游在半空中，一邊依舊摟著羅威爾的頭。羅威爾則是珍愛地伸手摟過奧莉珍的腰。

艾莉雅連眼睛都沒眨，茫然地看著這一幕，只能不斷顫抖，一句話都說不出來。

「看來妳是覺得只要對方愛著妳，妳想做什麼事都無所謂。妳誇稱這就是愛，也如此向其他男人索愛。索沃爾明明一心只愛著妳，妳卻利用貴族繼室這個立場，為了博取男人的同情，扮演可憐的自己。」

「………」

「姊姊早就知道事情會演變至此。所以才會警告妳，小笨蛋。但妳甚至瞧不起女神。」

奧莉珍的話讓艾莉雅發出驚呼。似乎終於明白自己做了什麼。

「不只如此，妳還惹怒了女神中最惹不得的孩子。畢竟她最愛的叔叔被人盯上性命嘛，這也難怪。」

艾莉雅驚覺奧莉珍話中真意，看著艾倫。艾倫的怒氣似乎壓抑不住了。現在只能告誡她，釋放能力之後，一定要留下對方一條小命。

「艾倫！」

但艾倫突然解放力量，羅威爾等人嚇了一跳。卻只有奧莉珍一人不驚訝。

艾倫是女神之末。掌管元素的艾倫能夠影響構成物體的元素。在那個細微的世界，所有情報都是基底。而艾倫能操縱情報，進行改變。

艾莉雅的手上印著女神的定罪。艾倫甚至能操縱荊棘延展。

艾莉雅手上的荊棘開始蠢動，攀附著身體。那像蟲子蠕動的動作，讓艾莉雅發出尖叫。

荊棘接著蜿蜒，擴散到艾莉雅的胸口，爬遍她的身體。當荊棘爬上脖子，繞了一圈之後，終於停下。

艾莉雅只剩臉完好如初，全身都被染黑。

「不要啊啊啊啊啊！」

艾莉雅的尖叫非常駭人。

周遭的人都愣在原地，不知到底發生了什麼事。

「艾倫……妳干涉了姊姊的定罪嗎？」

奧莉珍完全沒想到會變成這樣，語氣有些茫然。只見艾倫得意地吐氣。

「我是掌管元素的人。沒有被我均質化成微粒體，妳就該感謝了！」

「均質……？」

羅威爾不解地歪頭。

啊，不小心講出專門術語了——艾倫如此修正：

「沒有被我弄成碎屑，攪拌成一團糊，妳就該感謝了！」

艾莉雅聽完，口吐白沫地暈了過去。

看來是明白艾倫所謂的「毀了妳」是什麼意思了。

「……艾倫，不能真的做喲。」

「我沒有！我忍住了！」

「妳好偉大～」

奧莉珍嘴裡說著「好乖」，撫摸艾倫的頭。

眾人可以聽到羅威爾在一旁喃喃說著：「艾倫的物理手段好恐怖……」

＊

隔離昏倒的艾莉雅後，索沃爾一直抱著始終哭泣的拉菲莉亞。

見拉菲莉亞抓著那雙滿懷愛意的臂彎，艾倫不禁有些愧疚。

就算艾莉雅做了那些事，她依舊是拉菲莉亞的母親。

「……拉……拉菲莉亞……」

艾倫下定決心叫了拉菲莉亞一聲，拉菲莉亞的肩頭便隨之抽動。

見到艾莉雅那副模樣的人，想必都覺得極為異常吧。

索沃爾也表示沒有要繼續追究的意思。就另一層意義來說，是因為他可憐艾莉雅。

受到艾倫呼喚後，拉菲莉亞不斷擦拭著淚水，試圖停止哭泣。

「那……那個……」

相較於艾倫支支吾吾，拉菲莉亞則是清楚地開口：

「……艾倫，對不起……我之前隨隨便便就恨妳……」

「咦？」

拉菲莉亞這句話令艾倫感到不解。隨後，拉菲莉亞說出了自己的心聲：

「……其實來光顧媽媽店裡的男人一直很疼我。因為爸爸不在身邊，他們常常陪我玩……」

聽了拉菲莉亞的話，索沃爾一臉難受。之前被艾齊兒弄得焦頭爛額，又苦於經營窘迫的領地，索沃爾已經無心顧及拉菲莉亞她們。

「現在想想，媽媽真的很奇怪。我終於懂了……媽媽會被人討厭很正常……我也做了一樣的事……」

拉菲莉亞想起她在學院被指責的事，明白旁人是如何看待自己的言行，也了解他人評判她的真意。

「我反抗爸爸，偷懶不念書，卻覺得被人捧在手掌心是理所當然……嫉妒大家開口閉口只會講艾倫……我根本沒資格嫉妒妳。」

拉菲莉亞吸了一口氣，繼續說道：

「我把錯全推給艾倫，我沒人疼、交不到朋友，都是因為妳……但明明就是我自己不好……」

見拉菲莉亞不斷發出啜泣聲，艾倫告訴她：「已經夠了。」

「不用再說了，拉菲莉亞，因為妳已經確實發現問題所在了。道歉是需要勇氣的喔，妳很勇敢。」

「……艾倫？」

拉菲莉亞一愣一愣地聽著艾倫說話。但下一秒，她的眼眶再度滿盈淚水。

「可是……可是！我已經被所有人討厭了！一個朋友都沒了……！」

拉菲莉亞嚎啕大哭，艾倫卻抓起她的手笑道：

「我跟妳說，只要好好道歉，就可以重新來過。所以啊，我們已經是朋友了喔。對吧？」

「噎……我……我們是……朋友……？」

「除了是朋友，我們還因為叔叔，彼此有血緣關係喔。我們比朋友的感情還要深厚喔！」

我們是堂姊妹嘛──艾倫笑著這麼說後，拉菲莉亞換成抱著艾倫哭泣。

艾倫一邊搓著她的背，一邊環伺周遭，只見眾人也感動落淚。

「拉菲莉亞，太好了。」

索沃爾微笑道。艾倫接著表示，如果要道歉，她也必須道歉。

「艾倫……？」

「艾莉雅嬸嬸是妳的媽媽……我卻……」

「艾倫。」

索沃爾打斷艾倫的話，笑著對艾倫道謝。

「艾倫以為我會被殺，為了我而生氣。而且妳本來也能殺了艾莉雅，卻沒有那麼做，反而只延長定罪。我必須感謝妳的思量，謝謝妳沒有取艾莉雅的性命。」

「索沃爾叔叔……」

艾倫也跟著泛淚。艾倫和拉菲莉亞一起抱著索沃爾哭了。

「哎呀哎呀，索沃爾真有女人緣。」

奧莉珍笑著說道。一旁的羅威爾卻鬧著彆扭，表示只有這次會把艾倫借給他。

「不過索沃爾……就這麼處置那個小笨蛋好嗎？」

索沃爾抱著艾倫她們，點頭回答奧莉珍。

「是的。只要他不再干涉我和拉菲莉亞……以及這個家，我希望就到此為止。」

後來艾莉雅被遣回市井。

不過她除了臉，應該不會再露出任何肌膚了。因為定罪的黑色荊棘已經攀附全身，她今後只能避人耳目生活了。

況且女神們也全都看見。艾莉雅在提交司法局前就被女神定罪，今後已經無法再接近男人了。

對索沃爾來說，這是最能解心頭之恨的方式。

既然已經遭到統治世界的女神定罪，也無法把艾莉雅交給教會照顧。畢竟要是被教會知道，她會因為罪證確鑿而被處刑。

因此索沃爾和艾莉雅的離婚手續，決定只偷偷透過書面提交。

「這樣啊……那就好。」

奧莉珍笑著說，隨即對著艾倫嫣然一笑。

「既然這樣，艾倫～！我們來慶祝吧～～！」

奧莉珍這突如其來的發言，讓周遭所有人在驚訝之中一臉疑惑。

羅威爾不解地問：「怎麼突然要慶祝？」奧莉珍才開心地說：

「艾倫身為女神的力量覺醒了喲～～！精靈界也會很熱鬧喲～～！」

眾人不解地咀嚼奧莉珍的話語。

「……女神？」

「艾倫是元素精靈，但那只是身為精靈掌管的力量。除此之外，她具備身為女神的力量。而且沒想到她居然有辦法干涉姊姊不可撼動的力量～～！」

「身為女神的力量……？」

「艾倫掌管物質，那是存在所需的必要因素。艾倫，其實妳掌管『存在』喔。真不愧是我的女兒。」

「存……存在……？」

「要得知物體，就必須眼見為憑，也必須實際感受……妳已經懂了吧？」

艾倫連電子信號也能操縱，就像她剛才干涉艾莉雅身上的定罪證據。

干涉人類的物質，甚至能操縱記憶這件事，代表她也能輕易消除「存在」。

「……我……」

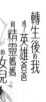

「艾倫，這就是女神喲。」

奧莉珍對著愣在原地的艾倫說道。

奧莉珍是孕育一切的始祖。艾倫身為她的女兒，能夠證明一切存在，也能否定一切存在。

被人遺忘才是「死」。艾倫是掌管死亡的女神。

艾倫反覆咀嚼奧莉珍說的話。

她生為人，同時擁有已死的認知。光是這樣，便有一股恐懼在艾倫心中膨脹。

奧莉珍迅速察覺艾倫的心思，嘴上說著「哎呀哎呀」，從索沃爾手中抱過艾倫。

「艾倫，妳有人類的感覺，所以才會覺得害怕吧。」

「……對。」

「妳知道人類和精靈雖然語言相同，卻是不一樣的概念嗎？」

當艾倫點了點頭，奧莉珍於是說了聲：「那就沒問題了。」

「因為妳是我直接生下來的孩子呀。我當時就覺得應該會是個職責和我完全相反的孩子，所以才會選擇妳。」

艾倫的腦袋有一瞬間拒絕理解奧莉珍的言語。

因為那代表——

「媽媽，妳知道……」

「呵呵呵，因為妳是我生的孩子呀。艾倫，妳是我選的喲。」

艾倫愣在原地。原來奧莉珍早就知道艾倫是轉生而來的，具有前世的記憶。

不對，或許是奧莉珍刻意這麼做的。她在替換羅威爾的身體時，連他的靈魂也能自由操縱。

「為什麼……」

「因為那個東西是妳自己的證明。正因為妳共享了那個東西，才能掌管力量。擁有人類的感覺可能會讓妳覺得很可怕，然而身為精靈的意義卻是截然不同的東西喲。」

「…………」

「妳的力量是『淨化』。我雖然可以孕育生命，卻只能在一旁守護生命的成長。生命在成長過程中可能會扭曲，或是變成給周遭帶來負面影響的存在，就像王室的詛咒那樣。然而我束手無策。」

雖說是精靈，也並非無所不能。他們是掌管一種特性的存在，無法再有更多作為。

「所以妳才會出生。妳的力量是為了減少世界的摩擦而存在，是必要的力量喲。」

「淨化……？」

「沒錯。這是為了幫助他人，一定需要的力量。妳是我的女兒。所謂的女神，就是這個世界的管理者喲。」

奧莉珍說的話在艾倫腦中不斷盤旋。

艾倫還以為自己是和奧莉珍完全相反的精靈，其中的概念卻有所不同。以被淨化的一方來說，那的確代表「死亡」。

但那是以被淨化的一方來說。以身為管理者的女神來說，那種力量的確是「淨化」。

「媽媽……」

「我知道妳很混亂。畢竟照理來說，力量覺醒應該要在很久以後。大概是上次去了危險的地方，所以力量本能性地覺醒了。」

奧莉珍撫摸著艾倫的頭，微笑說著：「沒事的。」

面對那覆蓋著整副身體的包容，艾倫投入奧莉珍的懷抱。她完全沒想到自己一路扛著，無法對他人訴說的事，竟是身為女神的要素。

艾倫一直抱著疑惑，不知道自己為什麼會轉生。

為什麼她會有過去的記憶？她原本以為是因為記憶跟她掌管的元素有關，但原來那是身為女神必須的東西。

眼淚因為過度驚訝而停歇。艾倫感覺到心中的疙瘩慢慢變小，卻又有一股身為女神的重擔壓在肩頭的錯覺，讓她忍不住就這樣靠在奧莉珍身上。

這讓在一旁擔憂地看著一切的羅威爾慌了手腳。

「奧莉！艾倫她沒事吧！」

「沒事啦。她的心還跟不上女神之力覺醒。現在只能讓時間解決了。」

奧莉珍緊緊抱著艾倫，羅威爾則是在她的頭頂落下一吻。

接著羅威爾擔心艾倫的身體狀況，表示要先回精靈界。

「好的。那我們都等事情平靜下來再見面吧。」

「好……你可別再放手了喔。」

聽見羅威爾這麼說，索沃爾重新抱緊懷裡的人呵護。

就這樣，這場騷動總算落幕了。

第二十七話　背後的真相

幾天後，待雙方都已經平靜下來，艾倫再度來到宅邸。她和拉菲莉亞手牽著手，在庭院玩耍。她們身後有凱、凡，和幾名女僕隨侍在側。

因為過去從未交到同年的同性朋友，艾倫的興致顯得有些怪異。

拉菲莉亞的身材比艾倫高大，看起來就像姊姊。拉菲莉亞自己也有這種感覺，偶爾在某些方面，會把艾倫當成妹妹對待。

拉菲莉亞很習慣在外玩耍。她本來就常在市井間玩耍，與其在室內玩桌上遊戲、卡牌遊戲或是擲距骨，在外奔跑玩耍更適合她。

最重要的是，拉菲莉亞私底下說過，她討厭被伊莎貝拉抓住，逼著刺繡。

「艾倫妳以前玩過什麼遊戲？」

「我想想……揉凡的毛茸茸！」

艾倫說完，凡便瞬間獸化，得意地站著。他看起來非常自豪。

「拉菲莉亞，妳也要揉嗎？」

「揉……？」

見艾倫整個人埋在凡鬆軟的毛皮裡，拉菲莉亞嚥了口唾液。
凡卻緊皺眉頭，直瞪著拉菲莉亞。
艾倫正好位於死角，沒有發現。
「我可能不行吧……？」
「咦？為什麼？」
「因為他看起來超反感的。」
拉菲莉亞指著凡說道。為了對上拉菲莉亞的視線，艾倫轉了一圈，改變方向，這才看見凡那張凶狠的面容，因此驚訝不已。
「凡，你討厭嗎？」
「唔……要是問討不討厭，那一定是討厭。」
「為什麼？」
艾倫歪著頭問，凡卻咬著嘴，一副難以啟齒的樣子。
「拉菲莉亞小姐以前不是曾惹哭艾倫小姐嗎？」
「咦……」
凱說完，艾倫和拉菲莉亞卻雙雙發出疑惑，唯有凡大叫著：「就是如此！」
「不過是個小丫頭，竟敢惹哭公主殿下。妳可別說妳忘了！」
「什！什……什麼時候的事啊？」

見拉菲莉亞顯然已經忘記，凡的怒火更旺了。
儘管凡發出怒吼，拉菲莉亞依舊強勢地回嘴。於是凱回答：
「就是您遭到綁架的時候。」
「咦……可是那個時候我也很害怕，一直哭啊……」
「我有哭嗎？」
當事人在困惑的同時道出疑問。
「妳都忘記妳狂妄地炫耀自己胸部的大小，還遷怒公主殿下了嗎！」
「咦……」
當凡「嘎」地吼出聲的瞬間，其他人紛紛瞠目結舌。
「啊……啊……啊……」
艾倫的臉就像熟透的蘋果一樣紅，接著眼裡噙著淚大叫：
「凡你是笨蛋啊啊啊啊！」
艾倫雙手掩面蹲下，讓凡看了一頭霧水。
「你……實在差勁透了。」
一旁的凱輕聲說著。
「公、公主殿下？吾可不是笨蛋喔！」
「嗚哇啊啊啊啊！」

見艾倫真的開始哭泣，凡手足無措地抬起頭，這才發現一旁的拉菲莉亞和女僕們眼裡都是殺氣。

凡瞬間炸毛警戒。

「你幹嘛把艾倫弄哭啊！」

「吾弄哭了公主殿下？公主殿下！公主殿下！」

凡垂落尾巴，不斷在艾倫身邊打轉，卻被拉菲莉亞一聲「去那邊！」給趕跑。

「嗚噎……」

拉菲莉亞抱著不斷啜泣，滿臉淚水的艾倫。

「艾倫，對不起，我稍微想起來了……」

「…………我也想起自己哭過了……然後我現在覺得好丟臉……」

眼淚掉得有點太厲害了。艾倫拚命止住眼淚，擦著眼角。

儘管拉菲莉亞有些困惑，依舊摸了摸艾倫的頭說：「那時候真對不起喔。」

艾倫抬起頭，看見拉菲莉亞有些傷腦筋又有些沮喪的模樣，也道了聲歉。

「為什麼艾倫妳要道歉？」

拉菲莉亞一邊問，一邊呵呵笑著，使得艾倫也被感染，跟著笑。

「妳笑起來好可愛。妳現在只是身體還小，總有一天會長大的。」

「嗯……要是會長大就好了……其實啊，因為我是精靈，身體可能不會長得多大。」

「咦？」

「所以我好羨慕妳……」

兩個人互相擁抱，她們的視線卻差了兩顆頭的高度。

艾倫的眼前是拉菲莉亞偌大的胸部。艾倫一臉欽羨地看著，然後又看向自己的胸口，因看見現實而自暴自棄地笑了。

「呃……啊，怎麼會……」

拉菲莉亞總覺得內心升起一股奇妙的感覺，似乎是很開心，又很害羞。

「呃，艾倫妳……羨慕我嗎……？」

拉菲莉亞紅著臉，戰戰兢兢地問道。一臉茫然的艾倫用力盯著拉菲莉亞的胸部，用力地點頭說了聲：「嗯！」

「大大的很帥！」

「咦！」

「有種成熟女性！的感覺！我老是被人當成小孩子……真希望大家稍微把我當大人看。」

其實苗條的人也有成熟女性的感覺，但艾倫在生前的世界，身高也是絕望性地矮，又長得一副娃娃臉。

雖說人總會覺得國外的月亮比較圓，這件無法強求的不滿卻不斷累積，形成艾倫的歷史，無法說看開就看開。

「把妳當大人……但我和妳都還是小孩子啊。」

聽到拉菲莉亞說她們還沒成年，艾倫瞬間一臉困惑。

「這麼說……也對。」

「對啊。而且大也很辛苦喔。肩膀很酸，睡覺的時候又痛又難受。」

「咦？這麼辛苦……？」

畢竟等於是好幾公斤的水袋放在肺部上方，艾倫這才一臉恍然大悟地接受這件事。

「而且穿起連身洋裝，還會被人問是不是胖了。」

「什麼！好過分！」

「還有啊，成長痛好難過……」

「咦咦咦……！有……有那麼痛嗎？」

不知不覺間，艾倫和拉菲莉亞變融洽地說著悄悄話，還一下驚訝，一下大笑。

凱和凡遠遠看著，只是愣在原地。女僕們則是鬆了口氣，看起來很開心。

艾倫發現自己不知不覺間和拉菲莉亞相談甚歡，想起身旁還有別人，因此環伺周遭。

「奇怪，凡？」

她很快發現耳朵和尾巴都下垂，眉毛也呈八字形沮喪的凡在那裡。

「他被女僕們教訓了啦。」

「咦……」

如果說這是惹火女性的結果，艾倫也無法替他說話。但是凡惹哭艾倫的理由只是一時心直口快，並沒有惡意。

艾倫明白這一點，於是向凡道歉。

「凡，對不起，我不該罵你笨蛋。」

「不……不會，吾才抱歉，沒有考慮到公主殿下的心情……非常對不起。」

「那我們和好！」

「可以嗎！」

艾倫把自己的額頭放在凡的額頭上，然後互相磨蹭。

拉菲莉亞見狀，有些羨慕地說：

「你們感情好好。」

「嗯！我和凡一出生就在一起了！」

「咦……所以我們三個同年？」

聽拉菲莉亞訝異地問，艾倫也有些驚訝。

「不是喔。吾比公主殿下稍微年長。以人界的年齡來說……差不多十八歲吧。」

「居然是我們之中最年長的嗎？」

「哼，沒錯。羨慕吧，小鬼。」

凡不可一世地回答訝異的凱，凱卻以冰冷的目光回嘴：

「年紀最大，卻惹艾倫小姐哭是怎樣？」

「臭……臭小子！」

明明互為締結契約的對象，凱和凡的互動卻還是老樣子。

「他們開始吵架了耶。」

「凱和凡都是這樣喔。」

「咦？是喔？那就是人家常說的那個吧？感情越好越……」

拉菲莉亞的話還沒說完，就被凡和凱聽見，並異口同聲反駁：

——我們感情才不好！

*

之後，艾倫和拉菲莉亞的感情一口氣升溫。

只要艾倫和拉菲莉亞一笑，宅邸的氣氛就會迅速變得繽紛。索沃爾和伊莎貝拉都為此感到歡心。

然而艾倫發現了。拉菲莉亞的笑容偶爾會帶點陰霾。

當她們從庭院來到玄關，坐在噴水池邊休息時，艾倫發現拉菲莉亞的臉色突然沉了下來。

「……拉菲莉亞？」

「啊……沒事。沒什麼。」

拉菲莉亞露出苦笑，看起來很勉強自己。她大概是偶爾會想起艾莉雅。

「……妳放不下嬸嬸嗎？」

「咦？……嗯。」

拉菲莉亞點點頭，艾倫也笑著說：「妳會在意很正常啊。」

「因為艾莉雅嬸嬸是妳的媽媽。這點絕對不會改變。」

「……嗯。」

艾倫接著問：「妳們或許還能見面。妳有順口跟叔叔商量過嗎？」結果拉菲莉亞回答：

「我說不出口。」

「我很想她……可是也很怕見面。」

「……嗯。」

「而且我覺得爸爸也不會准……」

「可是她是妳的媽媽啊。」

「嗯……」

「不然我陪妳一起去！」

「……咦？」

「妳很想見她吧？那就走吧！爸爸他們可能會擔心，所以一定要跟他們說清楚。交給我吧！」

索沃爾等人聽聞她們要去見艾莉雅，全慌成一團。然而艾倫卻把他們全說倒，在背後推了拉菲莉亞一把。

他們請人準備馬車，羅威爾他們也跟著上車。見羅威爾等人被艾倫說倒，直接一蹶不振的模樣，拉菲莉亞不禁睜著閃亮的眼睛叫著：「妳好厲害！」

羅威爾他們表示會在稍微有點距離的馬車中看著她們，凱和凡則會跟著艾倫她們。

馬車抵達艾莉雅的老家。艾倫和拉菲莉亞手牽手，走下馬車。

拉菲莉亞下定決心似的嚥了一口唾液。

沒錯，這是拉菲莉亞未來繼續往前的必要過程。

「……奇怪？」

但她馬上發現異狀。

她的家從前是門庭若市的餐廳，如今卻靜悄悄，看不見任何一個人影。

「媽媽……？」

拉菲莉亞戰戰兢兢地開門，沒想到裡頭非常冷清。

東西完全沒收好，就這麼放著。而且感覺很像鬧過事，家具都倒在地上。

「媽媽？外公、外婆！」

拉菲莉亞逐一打開各個房門，在房裡尋找艾莉雅。然而不只是她，就連經營餐廳的艾莉雅的雙親也不見人影。

「為什麼……？」

這時艾倫出聲呼喊一臉茫然的拉菲莉亞。只見拉菲莉亞泫然欲泣地看著艾倫，接著抱緊她。

艾倫搓著拉菲莉亞的背，一邊安撫她，一邊環伺四周，她馬上看出眼前的光景，簡直就像連夜逃走一樣。

她說服拉菲莉亞要先把這件事告訴索沃爾，建議先回去。

拉菲莉亞邊哭邊點頭答應。

站在後頭待命的凱也察覺事態嚴重，皺著眉，一句話也不說。

至於凡則是對發生了什麼事一點也不感興趣，只是不停看著周遭。

然而這時候，凡瞬間提起戒心，警覺周遭。

他表示有其他人，就這麼打開入口的大門。只見門後站著一名披著斗篷的少女。

「……妳為什麼會在這裡？」

少女打從心底感到不快地看著拉菲莉亞。

拉菲莉亞聽聲音就知道那是誰，於是惡狠狠地瞪著對方。

「妳才是，為什麼會在這裡啊！這裡是我家耶！」

「這我當然知道。我只是來確認結果。」

正當拉菲莉亞不解對方想確認什麼事時，凱也認出對方的身分，將艾倫護在自己身後。

凱和凡就這麼站在艾倫前方。對方似乎也注意到這點了，卻對他們沒有多大的興趣，只衝著拉菲莉亞笑。

「唉，我就知道……妳母親逃走了啊。」

少女打從心底覺得滑稽地笑著。拉菲莉亞卻大受打擊，呢喃著：「逃走了……？」

「倒是妳，為什麼還在這裡……？因為是繼承人，所以留下來了？唉，真是夠了。要是妳能和妳母親一起墮落就好了。」

少女拋出這席打從心底感到厭惡的話。

當拉菲莉亞詢問這到底是怎麼回事時，少女邊笑邊告訴她了。

「多虧妳是個笨蛋，實在幫了我一個大忙。進入學院之後，會因為傳聞而被投以異樣眼光的人應該是我才對。我只是把大家的目標置換成妳，妳也真的很會隨風起舞！」

少女失控地大笑，拉菲莉亞卻愣在原地。

「每當妳幹傻事，風聲是不是一下子就傳開了？我告訴妳，那都是我的功勞喲，呵呵呵。對了，鎮上所有人也都知道妳母親的所作所為了。妳的母親大概是受不了了吧。」

「妳……妳這個人……！」

「一旦所有人的目光都集中在妳身上，當然就會跟同樣惹人非議的我做比較。然後只要我安分守己，便會有更多批評對著妳。實在是笑死我了！」

少女一邊竊笑，一邊繼續說：「既然是貴族，操控情報作戰就是基礎中的基礎，妳卻連學都不學，要擊潰妳實在很輕鬆。」

拉菲莉亞現在終於明白她在學院被排擠的真相了。見拉菲莉亞已經陷入半失神狀態，少女開口：

「妳能被學院退學，我總算落得清淨……但不巧，我要去鄰國留學了。所以才會來見證結果……畢竟這裡是我出生長大的城鎮。」

少女有些遙望遠方，卻馬上藏起她的表情。

她接著笑說：「以後應該沒機會見面了。」就這麼離去。

呆站在原地的拉菲莉亞隨著時間流逝，開始發出嗚咽聲，然後哭泣。

艾倫詢問拉菲莉亞剛才那個人是誰，結果得到「艾米爾」這個回答。

（艾米爾？）

艾倫記得她應該是那個艾齊兒的女兒。

當她疑惑著既然如此，艾米爾怎麼會來到這種地方時，想起艾米爾剛才說的話。

『進入學院之後，會因為傳聞而被投以異樣眼光的人應該是我才對。我只是把大家的目標置換成妳。』

她確實這麼說了。意思是她在學院操控謠言，讓拉菲莉亞代替她受罪嗎？

艾倫憂心地呼喚拉菲莉亞。沒想到她卻粗魯地擦乾淚水，直瞪著艾米爾走出去的那扇門，下定決心後開口：

「這就是……這就是貴族吧……」

「……拉菲莉亞？」

「爸爸她就是想教會我這個……以防我們被騙。我卻反抗他，拒絕學習……」

拉菲莉亞一邊拭淚，一邊繼續說：

「我不甘心……！我絕對要她好看！」

拉菲莉亞哭著下定決心，並始終瞪著艾米爾消失的方向。

＊

艾米爾說出一切真相後，坐上待機中的馬車。

馬車中沒有隨從。她的護衛和她一起來到附近，她卻是自己乘著馬車來到這裡。

接下來她即將前往鄰國。雖說疙瘩已經大致消除，拉菲莉亞依舊留在那個男人身邊，倒

是失算了。

她心中一直想著：要是那女人遭到背叛，能就此絕望該有多好？

「哎，算了……能利用的東西都要利用。對吧，母親大人？」

艾米爾竊笑道：

「您等著吧，母親大人。我們馬上就能和父親大人一起生活了……因為父親大人是英雄呀。」

艾米爾坐在行進的馬車中，不斷笑著。

第二十八話　凡克萊福特家的後續

莉莉安娜從睡夢中清醒，清爽的床單實在太舒服，害她賴了一陣子床。

她原本在貝倫杜爾家被當成不存在的人，如今搖身一變，和兒子一同在凡克萊福特家的宅邸接受照顧。

她的兒子休姆年僅十六歲，就在汀巴爾王都以治療師的身分工作。

他的模樣一天比一天像去世的丈夫。

當休姆的能力被看上，派遣來凡克萊福特家時，多虧那孩子提出母親也要同行的希望，莉莉安娜現在才能繼續活著，她很感謝女神的庇佑。

莉莉安娜還聽說休姆身為精靈治療師，難得獲得國王垂愛。或許是看在他身為治療師，才酌量情況，但要是她還維持著和那個男人的婚姻關係，她和休姆現在肯定不會在這裡。

莉莉安娜清醒後沒多久，女僕便進入房間。

「您早，莉莉安娜夫人。今天天氣很好喔。」

「早安。」

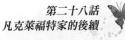

女僕前來更換床單，但還是先等待莉莉安娜做完洗臉的準備。

莉莉安娜道了聲謝，便去洗臉。而這段時間，女僕就換好了床單。

當她回到房間更換衣服，發現女僕並未準備緊身胸衣等物，而是寬鬆的服裝。來到這幢宅邸後，這身服裝最先令她感到驚訝。

當她表示她很訝異這身致力於不束緊身體的衣服穿起來非常舒服，才知道原來是因為緊身胸衣會給身體帶來不好的影響。

她一直以為貴族這類人，就算會給身體帶來負擔，也會優先自己的面子。

「當家大人和休姆少爺在餐廳等您。來，這邊請。」

女僕滿臉笑容，實在很療癒。

莉莉安娜回以同樣的笑臉道謝，接著和她一同前往餐廳。

「大家早安。不好意思，我來晚了。」

「噢，早啊。妳今天看起來狀況不錯。」

身為當家的索沃爾笑著問早。休姆接著叫了一聲「媽媽」。

「媽媽早。妳今天的臉色真的很不錯耶。」

「休姆早。因為大家都很照顧我。我感覺得出來，自己的身體一天比一天輕盈。」

「那就好。」

聽了莉莉安娜的話，索沃爾露出微笑。

同一時間，伊莎貝拉和拉菲莉亞也來到餐廳，他們每天都會一起吃早餐。

自從來到這個家，索沃爾便邀請她和休姆與家人共進早餐，現在幾個月過去，已經成了理所當然的光景。

莉莉安娜一開始還惶恐地直發抖，最後卻被索沃爾以「畢竟妳的寶貝兒子現在在舍下做客」說服。

莉莉安娜欣慰地看著索沃爾和休姆一邊談著公事，一邊吃飯。

當她靜靜地、慢慢地享受早餐時，索沃爾叫了拉菲莉亞一聲。

「什麼事？」

「聽說艾倫下午會過來玩。」

「真的嗎！」

「如果妳想跟她玩，就要努力做完上午的功課。」

「好——！」

索沃爾的女兒拉菲莉亞一聽艾倫要來玩，便喜形於色地繼續用餐。

當莉莉安娜欣慰地看著少女的這般模樣，下一秒就和拉菲莉亞對上視線。

「…………」

她的臉頰有些泛紅，接著別開視線。

應該沒有被討厭吧？應該只是覺得害羞吧？

莉莉安娜自覺自己和休姆現在與其說是客人，更像是食客。

她聽說索沃爾的夫人幾個月前離開這個家了，因此覺得有些不自在。

而且只要看到拉菲莉亞，她就會淡淡想著：真希望有個女兒。

因為自己沒出息，讓她的兒子努力想比別人更早獨當一面。

她一方面覺得驕傲，一方面又有雛鳥離巢般的不捨。

而這樣的心情，同為女性的伊莎貝拉似乎感覺到了。

當莉莉安娜發現伊莎貝拉正看著自己，因此笑著回應，對方也回以一抹笑容。

「莉莉安娜小姐，身體狀況怎麼樣了？」

「多虧各位的照料，我今天覺得身體很輕盈。」

「哎呀，那麼稍後要在不會勉強的範圍內，到庭院喝茶嗎？」

「好的，我很樂意。」

當伊莎貝拉表示她很期待，莉莉安娜也跟著感到開心。

她在那個家時，成天要摸索他人的心機。周遭的視線讓她無法開口，也無法鬆懈。如今始終聽著帶刺話語的那些日子，就像一場謊言。

這個家很安穩，每個人都很溫柔。

怎麼會有這麼好的人們呢——莉莉安娜忍不住如此比較。

*

莉莉安娜的丈夫是個治療師。他在十四年前的魔物風暴受到徵召，舉家移動到位在王都旁的貝倫杜爾領。

當地是管理位在領地和王都邊界的學院的一族所統治，那所學院現在已經緊急開放，成了避難所。

丈夫直接前往發生魔物風暴的場所，莉莉安娜則是和即將兩歲的兒子，一起在領地內等待丈夫歸來。

然而等待期間還是需要吃飯。為了過活，莉莉安娜一邊工作，一邊等待丈夫回歸。她在提供工作機會的旅店裡掃地、準備餐食時，遇見了來到旅店的那個男人。

對方死纏爛打追求，但莉莉安娜持續以她有丈夫、兒子回絕。

即使如此，那個男人依舊不放棄。就在那個男人想逼她離婚，讓她感到害怕時，她收到丈夫說他即將歸來的信件。

丈夫會平安歸來。正當莉莉安娜放下心中大石，想著總算能見面時，一名騎士來到旅店，悲痛地將丈夫的遺髮，以及刻有丈夫名字的染血硬幣交給莉莉安娜。那硬幣是治療師的證明。

一問之下，才知道丈夫在回來途中遭遇盜賊，馬車上無人倖免。

聽說盜賊幾乎把人剝光，但丈夫固執地抓著這枚硬幣，說只有這個不能搶走。

那位騎士表示，丈夫的手上有差點遭到斷指的痕跡。正好這個時候，同樣要歸鄉的騎士正好路過，結果只守下這枚硬幣。

莉莉安娜瞬間覺得眼前一片漆黑，什麼都無法思考。

當她一臉茫然地呆站在原地，兩歲的兒子抬頭看著她，詢問：「爸爸呢？」

一瞬間湧現的嗚咽令她的視野扭曲。她的哭喊已經接近嘶吼。膽怯的兒子一時之間只能愣在原地，但後來似乎是明白莉莉安娜因悲傷而哭泣，於是以稚嫩的聲音努力叫著「媽媽」。

莉莉安娜抱緊幼小的兒子，就這樣哭了一整天。

但她不能永遠哭下去。她必須跟遺留下來的兒子一起活下去。

因此她向提供工作的旅店老闆說明來龍去脈，希望以後也能繼續留在這裡工作，沒想到老闆卻一臉愧疚地表示：「你們可以離開這裡嗎？」

即使不斷請求，對方也不肯繼續協商，直接把她和兒子趕出旅店。

後來莉莉安娜帶著兒子，輾轉多處尋找工作。當她覺得只能離開領地來到關卡時，卻因為殺死丈夫的盜賊尚未捕獲，離開領地很危險，因此不肯放行。

就在莉莉安娜走投無路時，那個男人頂著一張笑臉現身了……

「……娜小姐。莉莉安娜小姐？」

莉莉安娜因為伊莎貝拉這麼一叫，回過神來，

她想起現在正和伊莎貝拉一起喝茶，因此手足無措。

「別介意……倒是妳在煩惱什麼事嗎？」

伊莎貝拉像個母親，溫柔地詢問。

如果是現在，是不是可以說出口了呢？

莉莉安娜決定以訴說回憶的方式，慢慢闡述那些無人能傾訴的內心話。

說出口後，那十四年的歲月就在無形之間，理好了思緒。

她原本以為說出來後，會被那股念想左右，沒想到卻說得意外平順。

「莉莉安娜小姐，妳……」

伊莎貝拉眼眶泛淚，溫柔地抱著莉莉安娜。

莉莉安娜和丈夫都沒有親人。如果母親還在世，就跟伊莎貝拉的年紀相仿吧。

「已經……是過去的事了。但這是為什麼呢？來到這裡之後，就會莫名地回想起來……

真對不起。」

「沒關係。應該是妳逐漸覺得妳的心終於能放鬆了吧？我想這就是所謂的『交由時間來解決』吧……」

身體養好了，現在輪到心要休養，這想必就是傷口即將癒合的反作用力吧——伊莎貝拉如是說。

這就是這個溫暖的場所將她連內心都治癒的證據。

「妳可以待在這裡喔。其實我啊，也很想要個女兒。但我生出來的，卻是兩個兒子。呵呵。」

「是啊。看著大小姐，我也會希望有個女兒。」

「哎呀，我們都一樣呢。」

「嗯，就是說啊。」

兩人發現彼此的共通點，不禁相視而笑。

她們兩人就這麼在庭院一隅，沐浴著溫暖的天氣，擺桌喝茶。

這時候，遠處傳來拉菲莉亞和另一名少女開朗的笑聲。

「哎呀，是艾倫來了嗎？」

伊莎貝拉顯得極為興奮，催促女僕把那兩個人叫過來。

伊莎貝拉隨後從椅子上站起，並稍微蹲低了身子。莉莉安娜見她如此改變姿勢，不禁疑惑地歪著頭。這時候，遠處傳來一道精神飽滿的聲音，叫著：「奶奶！」

接著一名身形嬌小、有著亮麗髮色的女孩子飛撲到伊莎貝拉懷裡，全身上下散發出「她很開心」的氛圍。

這孩子是拯救了我們母子的女孩子。

她們開心緊緊相擁的模樣，真的很令人欣慰。

「莉莉安娜夫人，您好。」

「妳好啊，艾倫小姐。」

這名嬌小的女孩抓著裙襬致意，那模樣非常可愛。

接著，拉菲莉亞上氣不接下氣跑來，有些生氣地大喊：「艾倫！」

「妳居然丟下我，太過分了！」

「啊，對不起喔。我想說可以看到奶奶，就忍不住……」

莉莉安娜聽說這兩個女孩同年，但從外觀來看，她們的身高差距大到像一對姊妹。

拉菲莉亞氣得鼓起腮幫子，嬌小的女孩也試圖安撫，她們這樣看起來真的很可愛。

莉莉安娜忍不住呵呵笑道，伊莎貝拉看了，開口問道：「我的孫子們很可愛吧？」

「是啊，非常可愛。」

眼前是一片平穩、令人欣慰的光景。

這份柔和的空氣，正逐步掃除過去的傷痛。

雖然理好思緒或許需要一段時間，總有一天一定能看開。

（我不能再想著從前，只顧傷心了……）

我的兒子不也說了嗎？

別再被過去束縛了。

「……莉莉安娜小姐？」

伊莎貝拉擔心的聲音從旁傳來。當莉莉安娜眨眨眼，不解伊莎貝拉為何要擔心時，她感覺到眼裡竟有一顆一顆淚珠往下掉。

「……我真是的。」

她急忙擦乾臉龐，但淚水還是不停流出。

「沒關係喲。現在就哭吧。因為妳的身體希望如此啊。」

伊莎貝拉摟著莉莉安娜的肩。接著，莉莉安娜的淚水就像潰堤一樣，不斷湧出。

庭院裡聽得見孩子們的笑聲。

在溫暖的陽光下，身旁有伊莎貝拉溫柔的擁抱，莉莉安娜只是持續哭泣。

＊

莉莉安娜在凡克萊福特家療養過了半年後，現在已經僅少發燒，體力也逐漸恢復到不會影響日常生活的程度。

前陣子休姆囑咐她要開始訓練身體活動。

「這是公主殿下說的，叫做『復健』。她說適度運動很重要。」

休姆教了莉莉安娜暖身動作到能在室內做的運動。

女僕也興致勃勃地表示要一起做，因此具有能一邊聊天，一邊開心運動的優點。

多虧這些復健動作，莉莉安娜覺得自己的行動，已經逐漸恢復到過去的狀態。

當她開心地如此告訴休姆，休姆遂建議她可以開始步行。雖說是步行，其實一開始也只是在附近散步。然而剛開始身體根本不聽使喚，甚至上氣不接下氣。但在反覆持續之間，她能走的距離慢慢變長了。

莉莉安娜感到非常欣喜，也就更勤於復健。

「公主殿下說，適度運動對美容也有幫助喔。」

休姆這麼一句話，透過女僕們的嘴，傳遍了整座宅邸。

自願陪莉莉安娜散步的女僕增加，讓人看了也會心一笑。

日子久了，這件事傳進伊莎貝拉耳裡，她也跟著加入，因此隨時都能看到女性成群結隊在宅邸裡走動。宅邸的男性們都非常訝異，不懂這到底是什麼事態。

莉莉安娜心想，既然體力已經恢復到這個地步，那應該沒問題了。於是向休姆商量。

「……那就按照原訂計畫，搬到治療院附近的房子吧。聽說這裡有員工宿舍這種地方喔。這個領地要忙的事情雖然很多，工作卻不吃力。」

「有沒有我能幫忙的事呢？」

「治療院人手不足是常態，所以妳也能幫上忙喔。」

「真的嗎？那太好了。」

莉莉安娜沒想到居然有機會和兒子一起工作，顯得很開心。

丈夫還活著時，負責照顧丈夫患者的人就是她。治療院需要掃地，還要準備餐時，要忙的事情很多。

為了告訴宅邸的人，莉莉安娜和休姆選在早餐時開口。

「……咦？」

結果不只索沃爾，伊莎貝拉、拉菲莉亞，還有女僕們都睜大了眼睛看著他們。

凡克萊福特家成員的反應與莉莉安娜和休姆原本料想的不同，不禁一臉困惑。

「請……請問……」

「……你們覺得哪裡不滿意嗎？」

索沃爾這句話讓莉莉安娜母子眨了眨眼。

「沒……沒有，不是這樣……」

「那為什麼要離開？如果有哪裡不滿，麻煩你們直說。我會請人改進。」

「就是呀。你們不用介意，可以繼續待下去喔。」

索沃爾和伊莎貝拉都笑了，認為他們要離開是在開玩笑。

「那……那個……各位對我們這麼好，我們真的很感謝。我的身體狀況已經恢復，所以跟小犬商量好了。要搬到治療院附近的房子……」

「真……真的要離開嗎……？」

索沃爾一臉難以置信，莉莉安娜和休姆卻不解地面面相覷。

不過他們並未發現最受打擊的其實另有其人。

「阿……阿姨，妳要離開我們嗎……？」

拉菲莉亞茫然地問。

莉莉安娜一邊苦笑，一邊告訴她不是這樣。

「小犬不是要留在這裡的治療院工作嗎？所以我想說搬離這裡，我也在那邊幫忙治療院的工作。」

「可是妳要離開這個家吧……？」

「……拉菲莉亞？」

索沃爾等人似乎終於發現拉菲莉亞不對勁，困惑地呼喚她。

隨後，她像是有什麼事情想不開，突然流下淚水。

她道了聲歉，就這麼放下餐具。

見拉菲莉亞直接跑出餐廳，莉莉安娜不禁站起來。

「媽媽？」

「對不起，讓我跟她談談。」

莉莉安娜也道歉致意，追著拉菲莉亞出去。

她小跑步跟在拉菲莉亞身後。多虧身體狀況恢復，她覺得身體很輕盈。

她比想像中還早追到拉菲莉亞，說了聲「等等」後，將她留在原地。

「這裡不好說話，我們去那邊吧？」

莉莉安娜摟著正在哭泣的拉菲莉亞的肩，帶著她來到能欣賞庭園的長椅。

她請拉菲莉亞坐下，就這麼摟著拉菲莉亞的肩膀，兩人並排坐下。

拉菲莉亞不斷啜泣，莉莉安娜於是保持摟著她的姿勢，溫柔地問道：

「……可以告訴我，為什麼我們離開會讓妳這麼傷心嗎？」

「…………」

拉菲莉亞試著忍住淚水，不斷擦拭眼角。等她不再嗚咽，她開口說：

「……因為我的媽媽離開了。」

「……」

「媽媽她對爸爸做了很過分的事。爸爸他們很生氣……」

「這樣啊……」

莉莉安娜這才想起，剛來到這裡時，似乎是有一位夫人。等她發現的時候，夫人已經不在。她雖然心有疑惑，卻沒有開口詢問。因為她總覺得不能提及此事，始終不敢深究。

後來是休姆告訴她，那位夫人已經離開了。

「媽媽她應該是回到城鎮了，可是當我去見她的時候，卻不在那裡……」

大概是因為莉莉安娜他們說要離開，害她想起母親的事了吧。

莉莉安娜聽說拉菲莉亞才十二歲左右，還處在依戀母親的年紀。因此聽說她的母親下落不明，莉莉安娜相當驚訝。

「其實我啊，本來是要在治療院附近的房子療養的。」

「咦？」

「可是大家人太好了，我總是忍不住久留……我覺得很過意不去，所以跟小犬商量必須走了。」

「才、才沒有這回事！自從阿姨妳來之後，家裡所有人都很高興啊！」

「……是這樣嗎？」

「對啊！……而且妳不是常和休姆擁抱嗎？」

「咦？」

「當你們說『路上小心』和『我回來了』的時候。」

「嗯，是啊。是有擁抱。」

「其實我沒做過那種事。」

「……跟令尊、令堂？」

「嗯。所以當我用羨慕的眼神看著你們的時候，爸爸發現了……然後才開始擁抱。」

「哎呀。」

「……雖然覺得很害羞……卻也很開心。伯父他們也常常擁抱艾倫。啊，如果是艾倫，我懂喔。因為她小小隻的，很可愛嘛。可是她好像很討厭這樣。她常常吼伯父，要他放手讓孩子獨立。」

拉菲莉亞笑著這麼說，莉莉安娜聽完也笑了。

「對了，拉菲莉亞小姐妳常為了爭奪艾倫小姐，和擔任護衛的男孩起爭執吧？」

「因為我們是堂姊妹啊，總可以把我放在前面吧？當她一叫我的名字，我的心就會揪在一起，那是為什麼呢？」

「呵呵呵，應該是因為那會讓妳感覺到她很喜歡妳吧？感覺很像她在表達喜歡妳的全部

一樣。」

「啊——我懂！這樣啊。原來艾倫喜歡我啊。真拿她沒辦法耶～」

剛才拉菲莉亞哭泣就像一場謊言，兩人一來一往交談，但她的表情馬上又有了陰影。看來拉菲莉亞的心還很不穩定。

「……看著艾倫，就會讓我很羨慕，也很悲傷。」

莉莉安娜不發一語地聽著。

「我也很希望爸爸、媽媽能那樣對待我……好想像她那樣……希望自己人見人愛，既羨慕她，又很嫉妒她……」

「拉菲莉亞小姐……」

「我還住在城鎮的時候，媽媽的家是餐廳，所以總是很忙。我小的時候被他們嫌礙事，不准我進去店裡。」

「哎呀……」

「我想說要是能幫忙，他們可能會很開心，所以努力過……可是我還小，沒什麼力氣，到頭來還是只會礙事。」

「這樣啊……妳很寂寞吧？」

「……嗯。」

拉菲莉亞靠上莉莉安娜的身體撒嬌，莉莉安娜於是溫柔地抱緊她。

當她摸摸拉菲莉亞的頭，那份溫柔再度讓拉菲莉亞流下淚水。

「妳不要走……我受夠了……我不要大家都離我而去了……」

這道懇求莉莉安娜留下的聲音，打動了她的心。

「那我就必須去請求當家大人了。」

「……咦？」

「去求他能不能讓我留在這裡。」

「真的嗎？……妳願意留下來了？」

「是啊……其實啊，我一直很想有個女兒。」

「……女兒？」

「我只有一個兒子不是嗎？要是有女兒，就能像這樣訴說祕密，偶爾還能一起煮飯……我也很想教女兒裁縫。」

「……」

「我還要一點一滴編織蕾絲，然後用在女兒的新娘嫁衣上。這是我的夢想喔。我是有孩子，卻是個兒子不是嗎？我總不能做蕾絲給兒子吧？」

莉莉安娜邊笑邊說出提案。

說她能不能替拉菲莉亞編織新娘嫁衣的蕾絲？

「……唔！嗚哇啊啊啊啊！」

拉菲莉亞攀上莉莉安娜的脖子，放聲大哭。莉莉安娜搓著拉菲莉亞的背，同時發現索沃爾等人在樹叢後面憂心地看著她們。看來剛才的談話都被他們聽見了。

拉菲莉亞沒有發現，但索沃爾悄聲表示要稍後談。

見莉莉安娜點了頭，索沃爾的表情這才不再擔憂。

一旁的休姆則是無奈地聳了聳肩。

＊

眾人將拉菲莉亞送回房間冷靜心情後，莉莉安娜與兒子一同前往索沃爾那裡。

她在路途中向兒子提議是否能待在這裡。

「其實妳去追大小姐後，當家大人就拜託我說服妳留下了。」

「……咦？」

「他說妳的存在幫了他很多忙。」

「……這是什麼意思？」

「誰知道。妳直接問他吧。」

說到這裡，他們正好來到索沃爾的書房前。

休姆敲門並報上身分後，得到了入內許可。

他們走進書房，發現索沃爾和伊莎貝拉在那裡等著。

「真是抱歉，拉菲莉亞她……」

「不會。都是我說要離開，害她聯想到自己的母親。我對她做了一件殘忍的事。」

「哎呀……」

伊莎貝拉一臉悲傷地說：「原來是這樣啊。」

「當家大人，我有一事相求。」

「……什麼事？除了離開兩個字，我都能聽妳說說。」

貝索沃爾搶先一步說出口，莉莉安娜忍不住嘻嘻笑著。

「真……真是對不起。」

「不……不會……」

「我跟大小姐約好了。不知道能不能讓我和小犬留在這裡……」

「真的嗎！」

索沃爾忍不住探出身子，開心地握住莉莉安娜的手。莉莉安娜見狀，不禁眨了眨眼。

「啊，抱……抱歉……」

「哪……哪裡……」

「兩……兩位當然可以隨意留下。其實你們來到這個家之後，家裡的氣氛就變得比較溫柔，幫了我一個大忙。」

「您說……氣氛嗎？」

「該怎麼說呢……以前發生太多事了，搞得這個家的氣氛很沉重……」

索沃爾大概是想起前妻的事了。他的臉龐有著一路煩惱過來的痕跡。

「看著你們，我覺得自己學到了何謂家人……拉菲莉亞原本生活在市井，對只知道貴族禮儀的我來說，實在不知道該怎麼對待她。」

「……」

「我看到拉菲莉亞一臉羨慕地看著你們母子，就試著模仿看看了。結果她看起來非常開心。」

索沃爾說的應該是剛才拉菲莉亞提過的出門、回家的打招呼吧。

看來他也在反省自己不懂如何對待女兒。

經過索沃爾從旁觀察莉莉安娜母子，小心翼翼地對待拉菲莉亞，他們之間的關係已經慢慢改變。

伊莎貝拉和身為部下的家臣也一直默默守候著他們。

「……可以麻煩妳教導我，什麼是家人嗎？」

聽了索沃爾這般真摯的言語，莉莉安娜驚訝地瞪大眼睛。

她總覺得這句話也有另一種涵義，不禁覺得苦惱，不知道該如何回答。

儘管一旁的伊莎貝拉沒有開口，卻不斷擺動拳頭，一臉開心。那副模樣就像在說：「說得好～～！」

休姆則是一邊嘆氣，一邊對著索沃爾丟出直球：「當家大人的意思是，您想和媽媽再婚嗎？」

「………咦？」

索沃爾大概連想都沒想過吧。

剛開始雖然定格在原地，卻在回想自己說過的話後，臉龐一口氣漲紅。

「呃……我……我……我……」

索沃爾慌了手腳，現在不只臉龐，連看得到的肌膚都是一片通紅。

伊莎貝拉見狀，發出「哎呀哎呀，哇哇哇」的開心語調。

「呃……當家大人想說的是，您想知道市井家族的相處模式吧？」

「啊……不，我……」

「放心吧。我沒有那種厚臉皮的想法。請您不必放在心上。」

索沃爾正眼看向笑容滿面的莉莉安娜，表情逐漸染上絕望。

「妳……妳別覺得那是厚臉皮！」

「……咦？」

「啊，不，我是說……」

索沃爾滿臉通紅，流了滿身汗，卻還是拚命想說點什麼。伊莎貝拉看了，忍無可忍，大

叫出聲：

「急死人了——！既然是我兒子，就乾脆一點啊——————！」

「母、母親！」

「我受夠了，我不能把莉莉安娜小姐交給你！交給我吧！」

「等……母親！」

「真是抱歉，莉莉安娜小姐。我們要不要去那邊慢慢談？」

伊莎貝拉呵呵笑著，並握緊莉莉安娜的雙手，防止她逃走。

「老……老夫人……？」

「我們別管這個沒出息的兒子，去那邊吧！哦呵呵呵呵呵呵呵！」

伊莎貝拉就這樣和莉莉安娜一起離開書房。

「休……休姆……？」

這時休姆拍了拍因為伊莎貝拉的暴衝而臉色發青的索沃爾肩膀。

「媽媽看起來很聰明，其實很遲鈍，請您加油了。但我看您也遲鈍得不相上下就是了。」

「咦……？」

「請問從您的眼光來看，家母如何？」

「是、是個很棒的女性！」

「那不就好了嗎？」

「咦？什麼？」

索沃爾紅著臉，陷入混亂之中。休姆看了，不禁笑道：

「如果是您，我就可以把媽媽交給您。啊，不過請您不可以勉強人喔。」

「那、那當然！不……不對，先別說這個……咦？奇怪？我剛才說了什麼……？」

「哎呀哎呀。好啦，我也會默默守護你們啦。」

休姆再度拍了索沃爾的肩，笑著走出書房。

獨自留在書房的索沃爾不禁呢喃：

「我……我要再婚……？」

或許是說出口後做了想像，他再度滿臉通紅地發出呻吟。

即使到了下午，索沃爾還是紅著臉悶頭苦思。

這時羅威爾到來。索沃爾不禁飛撲過去，以為來了一個絕佳的傾訴對象，沒想到對方卻冷冰冰地推開他，並說他噁心。

*

這件事發生後不久，索沃爾發現拉菲莉亞又跟平常不太一樣了。

感覺好像有什麼事想不開。

「……怎麼了嗎？」

難道是為了莉莉安娜的事嗎——索沃爾藏起自己心中的罪惡感詢問，拉菲莉亞這才彷彿下定決心似的，對索沃爾說：

「爸爸，我想拜託你一件事！」

「什……什麼事……？」

會是希望他和莉莉安娜再婚嗎？不對，他根本還沒確定自己或對方有沒有那種心思……索沃爾的腦中不斷閃過諸如此類的念頭。

但拉菲莉亞沒有發現索沃爾的狀態，直接叫道：

「我想當騎士！」

索沃爾不禁懷疑自己聽錯。

「呃……妳說……什麼……？」

「我要當騎士！我要變強，給那傢伙好看！」

「好……好看……？」

「我已經決定了！我一定會成為騎士！」

索沃爾過度慌亂，無法順利發聲。

但是看拉菲莉亞臉上那副過去不曾有過的美好笑容，他也無法反對，只好把想說的話吞進肚子裡。

——幾天後。

「……大哥，你來得正好。」

「別來找我商量。」

在求助之前，羅威爾再度狠狠拒絕了索沃爾。

第二十九話 一波平息

自從在學院發現亞克，並救出他之後，加上艾倫身為女神的力量覺醒，精靈界一連慶祝了好幾天，甚至撇下當事人，只顧著飲酒高歌，熱鬧不已。

但在學院昏倒的艾倫和亞克兩人為了療養，短時間內也不太能離開房間。

或許是一下子發生了太多事情，艾倫在事情結束後馬上發燒，亞克也在其他房間接受療養。

掌管魔素循環的亞克將近三百年下落不明，要是再沒找到人，就必須在檯面下祈求新的精靈誕生了。

以兩百年為規模發生的魔物風暴不只會影響人界，和人類締結契約的精靈也會受到影響。

精靈界早就針對影響在想辦法，但沒想到當真相大了白，發現竟然又是人類搞的鬼，精靈相當憤慨。

但他們此刻都拋開那些事，單純替亞克平安無事感到高興，開心地笑鬧。

＊

艾倫在救出亞克後，大概是緊繃的心一下子緩解，就這麼臥病在床。期間都是羅威爾照顧，她只能在床上無所事事。

狀況好的時候，羅威爾會帶她前往凡克萊福特宅邸。但和拉菲莉亞他們玩耍後，卻因為玩得太凶，再度開始發燒。看樣子她的身體還沒完全恢復。

每當艾倫的身體又出狀況，羅威爾就會大吵大鬧，雖然偶爾會讓其他精靈看看她，確認身體狀況，但頂著一副無法行動自如的身體，艾倫漸漸累積了些許壓力。

在這樣的日子中，光之精靈里希特前來探望她。

「艾倫，身體還好嗎？」

里希特一臉憂心地撫摸艾倫的頭，艾倫則是笑著說：「里希特哥哥，我已經沒事了喔。」

但事實上艾倫現在又發燒了，所以她的「沒事」完全沒有說服力。

艾倫本來想下床，里希特卻拜託她待在床上。

因此艾倫坐在床上，里希特則是坐在床鋪旁邊的椅子上，就這麼看著艾倫的臉。

「我聽說妳救了哥哥，嚇了一跳呢。妳明明還這麼小……我要謝謝妳救了哥哥。」

受人道謝讓艾倫喜形於色，她笑著說：「不客氣。」

兩人說到這裡時，羅威爾原本還在旁邊，卻因為別的精靈找他，他說了聲「我離開一下」，並在艾倫頭上落下一吻，罕見地離開了房間。

兩人聊了一會兒後，里希特突然鄭重面對艾倫。

「……里希特哥哥？」

「啊……艾倫，我問妳……關於哥哥……」

見里希特支支吾吾，艾倫不解地歪著頭，隨後里希特清了清喉嚨繼續說：

「……哥哥他向妳求婚是真的嗎？」

「唔……！咳咳！」

艾倫不禁被自己嗆到，里希特急忙搓著她的背。

「是有求婚，可是我不會結！亞克哥哥是哥哥！就算我們類別不一樣，還是兄妹！」

「什麼？」

「兄妹不能結婚！」

艾倫斬釘截鐵地說完，里希特先是愣在原地，接著含糊其詞地說：「這……這樣啊……不能結婚啊……」

奧莉珍孕育出的第一個精靈亞克，以及之後不曉得排名第幾的里希特，都是精靈中極為高階的人物。

這兩個人和精靈們之間經由結婚而生下來的小孩不一樣，等同奧莉珍的直系血親。

就算被這樣的人求婚，以艾倫的角度來看，根本難以想像，所以已經清楚拒絕了。

「里希特哥哥？」

里希特的態度令艾倫不解地問到底怎麼了，他卻別開視線，似乎思索著什麼。

這時艾倫看見里希特背後的那扇門緩緩開啟。

當她看向門邊，想知道是誰來了，只見亞克的頭從門的縫隙間鑽出來。艾倫驚訝地睜大了眼睛，里希特卻沒發現。

「啊……我問妳喔，艾倫。關於哥哥……」

「咦？」

里希特完全沒發現背後的情形。

亞克一察覺艾倫已經看見他，便心花怒放，對著艾倫直揮手。艾倫雖想告訴里希特，里希特卻沒有察覺艾倫的心思，繼續往下說：

「其實哥哥他好像溜出房間，到處蹓躂。我本來想說他會在這裡，但幸好是我杞人憂天。艾倫，如果哥哥他想對妳做什麼……妳不用客氣，儘管擊潰他沒關係。」

想對妳做什麼——是什麼意思呢？

艾倫有些難以啟齒地對不知為何好像已經看開，並如此建議的里希特說：「那個……」

「怎麼了嗎？」

當艾倫說了聲：「後面……」向歪著頭的里希特訴說亞克的存在後，里希特回過頭大叫：

「哥哥！」

「艾倫，找到妳了！」

亞克輕輕飛起，在艾倫的床邊降落。艾倫和里希特見狀，都是目瞪口呆。

接著亞克就要擁抱艾倫，里希特卻急忙護住艾倫，推開亞克。

「哥哥！請你別再靠近艾倫了！你會被羅威爾哥哥宰掉喔！」

「唔！」

亞克不滿地皺緊眉頭。照理說亞克現在應該還在療養，艾倫對他已經能自由行動感到驚訝，不小心用從前的稱呼詢問里希特：「葛格，亞克哥哥已經沒事了嗎？」

「葛……格？」

「咦？艾倫，妳是怎麼了？這個叫法讓人好懷念喔。」

亞克和里希特同時開口。

艾倫怔在原地，後來才發現自己順著以前的習慣，叫里希特「葛格」，不禁臉紅。

艾倫以前是用「葛格」稱呼里希特。

為什麼現在習慣會跑出來呢？艾倫的臉龐繼續漲紅。

「我才不會叫！」

「我記得是媽媽問妳為什麼這麼叫，後來才統一的吧？我倒是很喜歡妳叫我葛格。」

「是這樣嗎？」

那是幼時的回憶了。儘管艾倫裝傻，里希特卻開心地直說懷念。

像這樣的互動，看起來真的就像兄妹，讓艾倫感到害臊。

其實以前艾倫很想要一個哥哥，只是說不出口。但精靈在這方面的認知較曖昧，她就順口這麼稱呼了。

當艾倫回想起這件事，亞克不知道為什麼，開始催促艾倫叫「葛格」。

他指著自己，不斷重複說著「葛格」。

「……亞克葛格？」

「我是……葛格喔。」

艾倫一愣一愣地回覆，亞克隨即喜形於色，開心地笑了。

亞克說完，就要抱緊艾倫，卻馬上被里希特拉開。

「艾倫，妳用『哥哥』叫哥哥就行了喔。葛格只能對著我叫喔。」

「咦？到底是怎樣……？而且我才不會叫。你們兩個人都是哥哥。」

「叫葛格。」

「葛……」

亞克大概是累了，話說到一半便止住。然後失落地一臉悲傷。

看著嘴上說「算了」的里希特他們，艾倫以滿是傻眼的目光說著：「現在是什麼情形？」

她這才想起，前幾天奧莉珍也要她叫姊姊。

（果然是母子……）

艾倫嘆了口氣，只覺區區一個稱呼，用得著反應這麼大嗎？

「先不說這個！哥哥，你又跑出房間了。列本和庫立侖在找你喔。」

「嗯嗯，不公平。只有，里希特，能見，艾倫。」

亞克鬧著脾氣，表示自己也想見艾倫，卻被里希特凶：「你的身體還沒完全恢復吧？」

兩人把艾倫夾在中間，不斷爭執著。艾倫不禁摀起耳朵，說他們好吵。這時門口突然傳來一股宛如冰凍一切的能量波動。

他們三個人戰戰兢兢地看向門口，只見羅威爾擺著一張像惡鬼的臉站在那裡。

「你～們～兩～個～……來找艾倫幹嘛！」

里希特和亞克頓時面面相覷，接著下一秒，兩人瞬間轉移消失。

艾倫近距離看著一切，眨了眨眼。見室內突然安靜下來，她忍不住噗嗤笑出來。

「艾倫，妳沒事吧！」

羅威爾慌慌張張查看艾倫的臉龐，艾倫卻笑個不停。

「妳……妳是怎麼啦，艾倫？」

「亞克哥哥他們真的是兄弟耶。」

默契好到採取同樣的行動，讓艾倫看了不斷竊笑。羅威爾則是嘆了口氣表示：「我稍微離開就變成這樣……」

之後，里希特偶爾會建議艾倫叫他葛格，說這樣他會很開心。

「妳不是都用『媽媽』叫媽媽嗎？所以妳叫我哥哥，會讓我覺得有一家人的感覺，這樣是很開心啦。但叫『葛格』會有種只有我是特別的感覺。所以妳對哥哥千萬不能這麼叫喔。」

面對表現出占有慾的里希特，艾倫點頭答應後，他顯得非常開心。

至於亞克，則是照舊叫他「哥哥」時，會露出有些遺憾的表情，但艾倫打算裝作沒看見。

不過這件事之後，亞克就記住艾倫房間的位置了，他時常跟著其他訪問者出現，然後重演被羅威爾趕出去的戲碼。

務。

＊

後來又過了一陣子，艾倫會根據自己的身體狀況好壞，再度開始幫忙凡克萊福特領的事務。

她久違和羅威爾一起造訪宅邸，得知拉菲莉亞正在接受騎士的訓練，非常驚訝。

果然是血濃於水，拉菲莉亞蘊藏的可能性開花結果，所有人都很訝異。

「拉菲莉亞好帥……！」

被艾倫以閃禮對眼神盯著看，拉菲莉亞那副無法言喻的優越感，讓人看了相當欣慰。

「艾倫小姐，您要是太誇她，她會得意忘形。請點到為止就好。」

「等一下，這是什麼意思啊！」

凱若無其事地從旁提醒，惹得拉菲莉亞氣得牙癢癢。

「上次她被教官誇過後，因為精神渙散，結果受傷了。」

「什麼！拉菲莉亞，妳還好嗎！」

「我說你，不要掀我的底啦！呃……艾倫，我沒事！只是擦傷而已！」

「您承認了。」

「嗚！」

比起受傷，拉菲莉亞更拿想像傷口疼痛就快哭的艾倫沒轍。

最近旁人也發現這點，常常如此告狀，好間接教訓拉菲莉亞。

「…………真的嗎？」

「嗯、嗯，真的。」

「真的是真的？」

「嗚……好啦，其實有點痛……」

一聽到這句回答，艾倫再度露出令人心痛的神情，那讓拉菲莉亞打從心底感到為難。

但艾倫並沒有立場要求拉菲莉亞「停止」或是「別勉強」。

她自己也是無視旁人的擔憂，勉強自己之後，昏倒許多次。

旁人利用艾倫教訓拉菲莉亞的策略，對艾倫似乎起了意外的功效。

「～～唔！」

見艾倫彷彿壓抑著什麼的表情，拉菲莉亞他們都很擔心。

但艾倫還是不知道應該如何發洩她的心思，不由得做出驚人之舉。

「痛痛，痛痛，飛走了！」

她想要活化細胞，讓傷口早點痊癒，因此稍微具體地以細胞尺寸思考了傷口的修復方法，結果她將心中所想的全濃縮成一句話叫出來，一道柔和的光芒隨即包覆著拉菲莉亞。

「什麼！」

「哎呀？」
拉菲莉亞和艾倫雙雙發出驚訝的聲音。凡則是瞪大了雙眼，愣在原地。
拉菲莉亞忍不住吐槽艾倫：「為什麼妳要驚訝啊！」
「艾倫小姐，您做了什麼？」
「我不知道。」
「拜託妳也幫幫忙！不過感覺輕飄飄的，好溫暖！」
拉菲莉亞正在大笑，凡卻一臉嚴肅地開口：
「小丫頭，看一下妳的傷。」
「咦？」
「妳不是有受傷嗎？看一下。」
「呃，什麼啊……」
凡說得這麼明顯，拉菲莉亞似乎也發現了。
「奇怪……？不痛了？」
她稍微捲起衣袖上的蕾絲，露出手臂那看了教人心痛的繃帶。
艾倫見了，訝異地睜大眼睛。她看向打小報告說拉菲莉亞身上有傷的凱，只見凱是一臉無奈。
拉菲莉亞一圈一圈解開繃帶，沒想到她的手上沒有傷痕，非常漂亮。

「咦——！」
拉菲莉亞非常驚訝，猛一轉頭就看著艾倫，開心地飛撲過去，直說她很厲害。
「妳替我治好了啊，謝謝妳，艾倫！」
「唔咕……」
看著拉菲莉亞抱緊自己的樣子，不免讓艾倫想起羅威爾和伊莎貝拉。
「噗哈！……不痛了嗎？」
「嗯，不痛了！」
「真的？」
「真的真的！」
見拉菲莉亞開心地說，艾倫也露出笑容。
正好這個時候，女僕前來呼喚拉菲莉亞。
說是上午的訓練時間到了。拉菲莉亞見艾倫一聽說要訓練，又一臉擔心的模樣，於是說道：
「我下次會小心不要受傷！所以艾倫妳也要小心喔。」
「咦？」
「妳不是不能過分使用力量嗎？不然又會發燒喔。」
「……拉菲莉亞。」

「好嗎？」

「……嗯，我跟妳約好了。」

「約好了喔！」

雙方約好下次再玩耍，就這麼目送拉菲莉亞離開。隨後凡和凱默默開口：

「公主殿下您被數落了。」

「艾倫小姐，您被數落了呢。」

「……唔！」

艾倫微微鼓起腮幫子，看著凡和凱。

「啊，不過剛才的咒語很可愛。」

凱笑著這麼圓場後，艾倫整張臉都紅透了。

拉菲莉亞也在成長——如今總算能這麼想了。

＊

和索沃爾談話的時間到了，因此羅威爾前來迎接艾倫。

他們所有人直接轉移到索沃爾的辦公室，索沃爾和羅倫就在那裡等著艾倫到來。

「噢，來了嗎？」

「讓你們久等了！」

「好了，坐下吧……」

索沃爾的聲音沒了平常的霸氣。當艾倫「哎呀」一聲，並仰頭看著羅威爾時，羅威爾也聳了聳肩，說他不知道。

「噢，抱歉。你們也坐吧。」

索沃爾要凱和凡也坐下。所有人都一臉不解。

「怎麼了？」

羅威爾一問，索沃爾才疲憊地嘆息。

他喝了一口羅倫沏的茶，開始解釋：

「啊——……我們這塊領地這幾年變了很多。」

「那又怎樣？」

羅威爾皺眉，眉間因此卡了幾道皺褶。艾倫總覺得有股不祥的預感，也跟著蹙眉。

發現父女做出同樣的表情，索沃爾不禁覺得胃痛，他一邊流著汗，一邊用手搓著胸口。

「賈迪爾殿下從學院畢業了。」

學院的新學期在秋天。拉菲莉亞則是在夏天前退學。如今已經過了半年以上，就快進入冬天。

「難道他……」

羅威爾察覺一股不祥的預感，臉瞬間嚴重扭曲。艾倫見羅威爾滿臉抗拒，依舊不解，索沃爾於是在嘆息之中解釋給她聽：

「艾倫，現在我們的領地雖然以經營治療院為主，其實原本是軍事用的領地。」

「是，這我知……道？」

這和賈迪爾畢業有什麼關係呢——艾倫的頭腦混亂地轉著。

這裡是擁有軍事設施的領地，是國家重地，也是距離汀巴爾王都最近的領地。而從學院畢業的賈迪爾是王太子。

「王太子……！」

「沒錯，艾倫妳也發現了嗎？」

「呃，難道他要來視察領地嗎？」

「就是這麼一回事……」

我的胃好痛——索沃爾開始發牢騷。

「加油吧。」

羅威爾只回了這句話，啜飲著紅茶。

「啊啊——大哥啊啊！」

索沃爾整張臉都扭曲了，只希望羅威爾能幫幫他。

「我不是說過我們不能靠近王室成員嗎？」

「可是如今領地的經營幾乎都是艾倫的功績，陛下根本不覺得我們是靠自己的力量，發展到這個地步。聽說陛下要殿下來詢問經營手腕……」

「別理他們。我不管。別過來。」

「可以請大哥直接去跟陛下說嗎……？」

「嘖，真拿你沒辦法。」

羅威爾馬上轉移消失，讓索沃爾發出驚訝的聲音：「咦？現在去？」

「呃……那我……」

艾倫面有難色地詢問索沃爾，索沃爾一陣苦笑。

「事情就是這樣，所以我覺得妳暫時別來領地比較好。」

「啊，好……」

「還有，我想跟妳借用凱。」

「咦？凱嗎？」

艾倫看向凱，只見他臉上堆滿訝異。

「凡閣下是大精靈，想必不會靠近殿下。而凱呢，他好歹是屬於這個國家的見習騎士……所以，嗯……」

索沃爾越說越小聲。羅倫在索沃爾斜後方疾呼：「老爺，振作一點！」

「凱他……不是在學院跟凡閣下締結契約了嗎？」

「啊……不會吧？」

「所以他被寄與厚望。畢竟對這個國家來說，他現在擁有的力量僅次於大哥。」

「請恕小的拒絕。」

「嗚咕！」

凱完全不聽想借人的理由，直接果斷拒絕。他的清高讓索沃爾發出胃又更痛的聲音。

「我會和精靈締結契約，完全是為了保護艾倫小姐，並不是為了這個國家。」

「嗯——我想也是啦……嗯……」

「叔……叔叔……」

「沒事，我早就知道他會這麼說了，我不要緊。只是希望他還是能幫個忙而已。」

正當索沃爾苦笑時，羅威爾從拉比西耶爾那裡回來了。

「嘖！」

見羅威爾大大砸著嘴，艾倫等人都嚇了一跳。

「看爸爸你這副模樣，是被反將一軍了嗎？」

「嗚！」

「嗯——如果是陛下，他會說……我一開始可沒想過你們會出馬喔。」

「嗚嗚！」

「什麼嘛，你嘴上那麼說，結果還不是會出現？很好。我會告訴殿下。」

「妳為什麼會知道啊！」

「我很期待視察的結果。」

「說真的，妳到底為什麼會知道這麼多！艾倫，妳是他嗎！我不要啊！」

羅威爾大叫完，不斷磨蹭艾倫的頭。

艾倫斜眼看著這樣的羅威爾，最後做出決斷。

「叔叔，爸爸決定在場。」

「真的嗎！」

「我不要啊啊啊啊啊啊啊啊！」

「爸爸，你這樣不行喔。當初不是約好，要好好幫叔叔的忙嗎？」

「艾倫，妳再幫叔叔多說一點！」

索沃爾如魚得水，一反剛才消沉的樣子，一邊睜著閃亮的雙眼，一邊請求支援。那讓艾倫看了，不禁笑出來。

原以為透過在學院的交流，會和王族產生什麼改變，結果完全沒變。

拉比西耶爾原本就期望不變，他大概覺得這個結果很好。

艾倫知道羅倫看著在自己身邊爭執不下的索沃爾和羅威爾，覺得很欣慰。

她和羅倫四目相交，羅倫立刻拋了個媚眼，艾倫也露出微笑。

艾倫不由得望向窗外，她看見有隻鳥飛越正中午的藍天。

凡克萊福特領變成一個熱鬧的地方了。那是艾倫他們帶來的變化。

這個家的人和拉菲莉亞也變得較為開朗，莉莉安娜也放下心來，身體逐漸恢復健康。

賈迪爾也從學院畢業，以王太子的身分開始行動。

因此視察擁有完備軍事設施和最先進的治療院很正常。

（我保持現在這樣好嗎……？）

艾倫過去一直告訴自己「必須如此」，但到頭來，周遭環境卻不肯放過她。

儘管是以被拖下水的形式，艾倫也覺得自己以精靈的身分、以人的身分參與這些事，產生了變化。

但如果將之定型，覺得「就該如此」，那她永遠不會改變。

雖說只有一點點，當艾倫的心情轉變的瞬間，她下意識這麼說：

「我也要在場，爸爸。」

在場的人都訝異地睜大眼睛，同時看向艾倫，那讓她忍不住笑了出來。

（我們約好了。就算離得遠遠的，也要聽他說話。但我跟本還沒好好跟賈迪爾聊過。）

拉比西耶爾向奧莉珍低頭了。他也跟從前不同了。

身為精靈的艾倫原本認為自己只要默默守著周遭的變化就行了。

但她錯了。如果自己不跟著改變，那便無法為人表率。

她相信往前一步，未來就會一點一點產生變化。

所以艾倫也決定踏出一步，決定改變。

後記

第四集了，總覺得時光飛逝……

除了道謝，我總是很煩惱要在後記寫些什麼，這次想寫些祕辛和設定。

從這一集開始，加入了在網路連載沒出現的角色。

其實我在第二集的特典中，已經偷偷把這個人混進去了。不過這次是決定僅限在書籍版中登場，我感到非常開心。

哎呀～～因為這個角色是個寫著寫著很開心的存在！就像有句諺語說貓科動物會把孩子推落山谷，這個角色就是從這樣的形象中創造出來的，不過我後來調查了一下，發現諺語說的是獅子。但就算了。

凱的母親也跟奧絲圖一樣，是個強勢的女性，所以要是凡碰上了，或許會萌生「你也很辛苦嘛……」的友情。（笑）

這次加筆的部分是凡和艾許特的毛茸茸大對決，我寫得非常滿足。我也想揉毛皮啊……

要是讓艾許特巨大化，我和艾倫會雙雙被釣走，毫無疑問會被釣走。

而奧絲圖和凡獸化之後，肯定是敏特會上鉤。

順帶一提，敏特是緊接第一代大精靈後出生的精靈，所以跟亞克一樣，只有人類型態。換句話說，敏特是非常高階的精靈。

既然凡一家人都到齊了，下一集要是能寫寫這方面的話題就好了。

我和責編K大人商量後，決定要寫出在連載時無法回收的部分，目標是寫出完整版。未來我也會繼續努力！

漫畫也請大家多多支持～～！

承續上一集，這次也購買了本作的人們、在網路上替我加油的各位。

給了我諸多照顧的責編K大人、M大人、T大人、校對大人、以及封面設計大人。

在百忙之中替我繪製插圖的keepout大人。

SQUARE ENIX的責編W大人，還有負責漫畫化的大堀ユタカ大人。

總是很期待新書發售的哥哥、姊姊們，還有朋友們。

真的非常謝謝各位！

希望我們下一集還能再見。謝謝大家！

你喜歡的不是女兒而是我!? 1 待續

Kadokawa Fantastic Novels

作者：望公太　插畫：ぎうにう

單戀對象居然是青梅竹馬的媽!?
悖德（？）與純情交織的愛情喜劇，即將開演！

我，歌枕綾子，3×歲。升上高中的女兒最近和青梅竹馬的少年阿巧最近關係不錯……咦？阿巧有話要跟我說？哎呀討厭啦，和我的女兒論及交往好像太早——「……我一直很喜歡妳，請跟我交往。」咦？鄰家男孩迷戀的居然是我這個當媽的？不會吧！

NT$220/HK$73

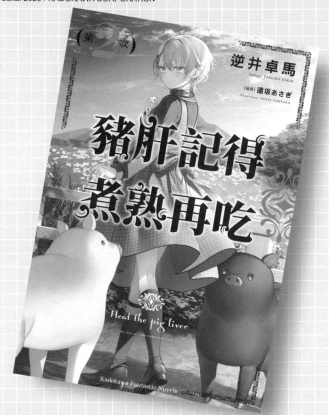

國家圖書館出版品預行編目資料

轉生後的我成了英雄爸爸和精靈媽媽的女兒/松浦作；楊采儒譯. -- 初版. -- 臺北市：臺灣角川股份有限公司, 2021.02-

冊；　公分. -- (Kadokawa fantastic novels)

譯自：父は英雄、母は精霊、娘の私は転生者。

ISBN 978-986-524-243-5(第3冊：平裝). --

ISBN 978-986-524-947-2(第4冊：平裝)

861.57　　　　　　109020412

Kadokawa Fantastic Novels

轉生後的我成了英雄爸爸和精靈媽媽的女兒 4

（原著名：父は英雄、母は精霊、娘の私は転生者。4）

２０２１年11月17日　初版第１刷發行
２０２２年３月18日　初版第２刷發行

作　者：松浦
插　畫：keepout
譯　者：楊采儒

發行人：岩崎剛人
總編輯：蔡佩芬
編　輯：黎夢萍
美術設計：宋芳茹
印　務：李明修（主任）、張加恩（主任）、張凱棋

發行所：台灣角川股份有限公司
地　址：１０４台北市中山區松江路２２３號３樓
電　話：（02）2515-3000
傳　真：（02）2515-0033
網　址：www.kadokawa.com.tw
劃撥帳戶：台灣角川股份有限公司
劃撥帳號：19487412
法律顧問：有澤法律事務所
製　版：尚騰印刷事業有限公司
ＩＳＢＮ：978-986-524-947-2